世界文學
經典名作

阿爾卑斯山的少女海蒂

HEIDI

JOHANNA SPYRI

喬安娜・史派利 著
楊玉娘 譯

關於本書

楊玉娘

西元一八八一年誕生於史派利夫人筆下的「海蒂」這位小女孩，帶給我們一抹天眞清純的印象。一九〇九年間透過柏納特夫人的《祕密花園》與讀者見面的少女「瑪麗」，則充滿了慧黠刁蠻的個性。然而經由這兩位小女主角揭開序幕的兩部著作《海蒂》、《祕密花園》的基本架構、陪襯角色等特徵，卻有百分之八十以上的相似度。

父母雙亡的孤女海蒂在一向照顧她的外婆過世後，由性格自私的姨媽帶上阿姆峰去，交給她離群索居的祖父養育，一年半後，再度因爲法蘭克福首富謝思曼宅中缺少一名伴讀，而威脅利誘並施地強行將她送入謝思曼大宅。

來到謝思曼家的海蒂，和成爲孤兒後被送往大鶇莊投靠親戚柯瑞文先生的瑪麗一樣，遇到一位嚴厲刻板的女管家。謝思曼先生和柯瑞文先生同樣是早年喪妻，同樣有個不良於行的孩子。和善的謝思曼先生常因生意繁忙而不在家中，柯瑞文先生則因無法面對兒子可能終身殘障的悲痛，經常離鄉背井在異地遠遊。祕密花園裡的老班和海蒂裡的薩巴斯汀角色、功能相似，柯林少爺則結合克萊拉的體弱多病，和彼得的專橫與強烈獨占慾；迪肯常被動物圍繞的靈感和山羊喜歡擠在海蒂身旁的情節類似（到了波特夫人的《寶琳娜》中，變成坐在輪椅上的傑米時常引來成群小鳥和松鼠）。克萊拉在接受清新空氣、增加食量之後，體力漸好，終於因為嚮往見到海蒂口中形容的絢爛花海，而興起想要獨立站起、嘗試行走的念頭，最後在彼得、海蒂的合力扶持之下，第一次試著跨出幾步，後來更把這項成績獻給疼愛她的奶奶、父親，做為一項大驚喜。柯林則在瑪麗刻意以祕密花園為餌的情況下，決心養好身體，學習走路，最終終於借助瑪麗、迪肯的幫忙，達到目的，帶給父親一個大驚喜。

相形之下，經過加枝添葉的《祕密花園》，故事的確要比《海蒂》精采許多，加上柏納特夫人以專業作家的身分，文筆也要比史派利夫人更洗練。但考量到《海蒂》成書年代在所有溫馨小說之中，可以說是相當早的一部，自然就會較日後許多沿用它的基本架構，衍生出來的故事顯得簡單、平凡些。

然而，就像如果沒有百年前架構簡單的隱形人、星際戰爭、時光機器……等作品，科幻小說、電影的精采程度是否能發展成如今日一般？如果沒有艾倫坡筆下的墨爾格街血案、史蒂文生的綁架，西洋推理或偵探小說要從何時才興起？甚至瑪麗．雪萊的科學怪人，簡直就像今日整形或器官移植的先驅。後代作家縱然創作出比它們更精采十倍、百倍的作品，也不能抹滅它們的價值。在史派利夫人完成《海蒂》的當時，專門爲兒童所寫的小說並不多（如果您曾看過早它二十餘年的《小婦人》原文，當會發現以它的文字、筆法，絕非一般小學生所能輕鬆閱讀），所以富有天眞童趣的《海蒂》甫一問世，就受到相當熱烈的歡迎。不過也正因爲它太過簡單，所以看過卡通「小天使」的人，可能發現「小蓮」這個女孩會比原文中的「海蒂」更有趣多了。至少說到寫景，那時常令史派利夫人魂牽夢縈的瑞士風光，卻永遠是邊看她的筆下文章邊在腦海中遐想，才能擺脫動畫畫面過於呆板的缺陷，墜入滿天紅霞的醉人情境裡。

除此之外，由於《海蒂》一書具有強烈的個人色彩，加上受限於時代背景、女性在當時社會被認定的角色，以及作者個人成長歷程、性格等等因素，某些安排便頗讓人覺得有待商榷。例如海蒂這個角色的未來竟被設計爲完全接受富豪謝思曼、大夫克雷森的羽翼保護，可以不須自食其力，相較於早它十三年起問世的《小婦人》系列那種充滿獨立、奮鬥、有勞動才有收穫的觀念，或晚它三十年的《寶琳娜》中認爲，與其做個隨便拋灑金錢的慈善家（如謝思曼夫人對於彼得），不如更加確切地了解窮人、勞工的實際欠缺，提供環境、做好輔導、給予他們自立更生條件的想法，海蒂書裡類似灰姑娘式的童話情節，反而成爲它的一大瑕疵了。

當然，這部作者由構思到出書歷經十年的兒童小說裡，具有許多令人感動、嚮往的情節，而這些精華幾乎都集中在整套書的上半部。那天眞、善良而又害羞的小女孩，那美得醉人的阿爾卑斯高地風光；海蒂的濃濃鄉愁叫人看得心疼，而所有人物的性格、作為也描寫得相當合理、擁有各自的特色。然而，就像大部分應讀者熱烈要求而倉促推出的續集一樣，作者來不及用心經營她的作品，以至於忘了該讓幾個在整個故事落幕時已成長好幾歲的小孩性格跟著成長，寫景的地方一再重複上半部的描述，就好像那些見好不收、老是延長集數的連續劇一樣，既被原有的劇情限制住題材、架構，就只好束手縛腳地要在原地打轉也不是，想要完完全全地跳脫也不是。

同樣的情形發生在《小婦人》系列上，第二部的《好妻子》、和第四部的《喬的男孩們》常被認為精采程度不及一、三部的《小婦人》和《小紳士》（第三部作品把主要角色轉移到另一群小孩身上，主題也轉換到類似今日森林小學教育模式的描寫，擺脫掉一、二部的故事發展局限，很多人認為是整個系列中寫得最好的一部），只是它們的尾巴。而《寶琳娜》的作者在續作中借著探討貧民窟生活、社會福利……等等剛受注目的問題，使得《寶琳娜．續篇》內容不至太貧血，卻也讓故事的後半部掉入如羅曼史小說的巢窠，更勉強拼湊一段「新阿拉丁」式的情節，好讓主角們有個完美的結局。

看來，有意為自己、或他人精采作品續貂的創作者們，個個都得煞費苦心，才能豐富作品精神，賦予它源源不絕的生命力。

作者簡介

記得卡通影片「小天使」裡的小蓮嗎？

沒錯，她正是本書《阿爾卑斯山的少女海蒂》原著中的小小女主角，而在一百餘年前創造出海蒂的著名女作家喬安娜．史派利女士又有怎樣的身世背景呢？

一八二七年六月喬安娜．海瑟．史派利誕生於瑞士小村子赫列爾，父親爲鄉村醫師，母親則是一名女詩人，在喬安娜十四歲那年他們舉家遷往蘇黎世。

一八五二年，喬安娜嫁給當時從事律師工作的邦納德．史派利。一八六八年起，史派利先生開始擔任蘇黎士世的書記官一職，異常忙碌的工作讓他經常無暇陪伴妻兒，使得史派利夫人常寂寞得必須藉著與友人們通信來打發無聊時光。當時一名時常與她書信往來的朋友從她的信中發現她頗有文采，因而大力鼓勵她從事創作工作。

一八七一年，喬安娜．史派利女士首度以「J．S」的假名推出一部大受歡迎的短篇作品集，此後陸續發表作品都仍然採用以假名或匿名方式推出。

一八八一年，史派利女士在前一年出版的《海蒂的遠遊與學習生涯》一書獲得熱烈回響情況下，繼續推出它的續集《海蒂善用所學的事物》，首度在文壇使用她的本名。至於目前市面上通行的《海蒂》一書，則是這兩部作品的合集。書中寄託著這位寂寞家庭主婦濃濃的鄉愁，也呈現出她對自己童年山居歲月的深深懷念。

一八八四年對五十七歲的史派利夫人而言不啻爲生命中的嚴冬，短短半年之間，富有音樂才華的獨子與感情深篤的丈夫相繼謝世，隔年史派利夫人在報上推出〈某律師之一生〉連載，作爲對於丈夫的回憶。到了一八八五年間出版第二部短篇作品集的同時，才慢慢從沈痛中重新站起，並繼續從事兒童文學創作。

一九〇一年的七月七日，史派利夫人逝世於蘇黎世的自宅中。總計半年創作生涯，最受百餘年來廣大讀者歡迎的作品，便是這部《阿爾卑斯山的少女海蒂》。

目錄

第一部

海蒂的遠遊與學習生涯

1 上山

美茵菲——一座風光迷人的古老小鎮。鎮外有條小徑，一路貫穿林木茂密、景致青翠的連綿森林，來到一座周圍高崗環抱的谷地，旋即急遽上竄，深入雄渾巍巍、氣勢壯盛懾人心魄的阿爾卑斯山峰群。高地上，漫山遍野淨是長得又硬又刺的牧草，以及矮矮短短的雜草，迎著那些徒步爬上高山的遊人們，時時刻刻飄送清淡的芳香。

六月間，一個晴空萬里的早晨，有位身材高挑、行動活潑敏捷的山區少女，手牽一名年紀幼小的小女孩沿著這條小徑往上爬。那小女孩的膚色雖然原本就因長期日曬被曬得微黑，卻也掩蓋不住因爲全身裹著厚重衣裳，又在大太陽下長途跋涉而被悶出來的滿面赤紅。唉，這也難怪！眼看她才年紀小小不滿五歲，渾身上下就被裹得像粒粽子似的。又不是在抵禦冰雪嚴冬，身上卻穿著二、三層的洋裝，外加一條紅色大圍巾披著，腳下穿的還是又厚又重的長統釘鞋，更要辛辛苦苦跋涉山路，怎麼能不被熱昏了。

這一大一小兩個女孩，爬了大約一小時山路，來到一座名叫阿姆大山的半山腰。這裡有一片名叫「印．多福利」或「小村子」的村莊，而它同時也是那個大女孩子的故鄉。所以，在她倆行經這個小村的時候，幾乎家家戶戶都有人從窗口探頭，或是站在門口大喊她名字，路上行人也都紛紛向她打招呼。女孩邊走邊回答他們問題，回應他們的招呼，腳下步伐始終不曾暫停過。最後，她倆來到零星散布幾座小屋的村尾，其中建得最遠的那間有人透過敞開的大門在對她高呼：「娣塔，請等一下，如果妳還要向前趕路的話，那我和妳結個伴兒走。」

女孩這才停下腳步，靜靜站在門外等著，身邊的小女孩兒也迅速抽開她的手，一骨碌兒坐在地面上。

「海蒂，妳累了嗎？」娣塔問那女娃兒。

「不累，只是好熱喔！」小女娃兒回答。

「只要妳儘量跨大步伐努力往上走，再過一個小時我們就到啦！」大女孩鼓勵她的小同伴。

一名外表長得粗粗壯壯、看來很好相處的婦人走出小屋，出現在她們兩人的面前。海蒂站起身來，跟在娣塔和她後面一同朝著村外走。前面的兩個熟人馬上就東家長、西家短，熱絡地閒聊起鄰近所有朋友，和整個小村裡幾乎每戶人家的是是非非來了。

「娣塔，妳是要把這小孩兒帶到哪兒去？」新加入的婦人問：「她是妳姊姊留下來的那個孩子嗎？」

「正是，」娣塔回答：「我要帶她去見阿姆大叔，把她留給他撫養。」

「妳在開玩笑吧，娣塔？我看妳一定是昏了頭啦，才會想去找那老人家。他見了妳，包準會叫妳當場吃上一頓閉門羹，什麼話也不會聽妳說的。」

「憑什麼？他身爲這孩子的爺爺，如今正是最需要他來爲她盡點心力的節骨眼兒。我都已經照料她這麼久了，現在好不容易有人提供我一個大好的工作機會，告訴妳，我可絕不願意爲這小麻煩給白白錯過了。」

「要是他和普通人沒兩樣的話，當然就沒多大的問題。問題是，妳也很清楚他是怎樣一個人，怎麼可能會懂得如何照顧小孩子──特別是像她這麼一丁點兒大的孩子呢？我敢說，他們兩個絕對會合不來的。倒是──妳究竟是準備要去做些什麼呢？」

「我要到法蘭克福的一戶氣派人家工作。去年夏天，那一家人到溫泉區來度假時，他們的房間是由我負責整理、打掃的。後來他們很喜歡我，想帶我一塊兒回去，可是我卻沒有辦法走開。這次他們又回來了，並且說服我務必要跟他們一塊兒走。」

「好家在！幸虧我不是這孩子！」芭芭拉一想到老大叔就會不寒而慄，嚷著說：「那個老人家在山頂上過的是怎樣的生活，誰也全不曉得。年復一年，他從來不肯走近教堂半步，也不跟任何一個活生生的人說話。每回他一年一度下山到村子裡來時，全村裡頭都沒人敢去招惹他。大夥兒都很怕他，而且瞧他臉上兩道濃濃的灰眉毛，加上一大把古里古怪的大鬍子，簡直活像是個野蠻人或者異教徒。只要知道他手拄著那把彎彎曲曲的拐杖在街上走動，我們就都很害怕會單獨和他相遇。」

「與我何干？」娣塔固執地說：「反正他是不會對她造成任何傷害的；而且就算會，那也是他的錯，可不能怪我。」

「我眞想知道那老人家心靈上究竟揹著什麼負荷。爲什麼他的兩道目光總是那麼凌厲？又爲什麼要孤零零地一個人獨自住在那兒？一年到頭誰都見不到他，而且每個人又都聽了好多好多有關他的怪傳聞。妳的姊姊沒告訴過妳些什麼嗎，娣塔？」

「她當然說過，不過我是絕不會透露半點口風的。因爲要是我敢多嘴多舌的話，她一定不會放過我。」

芭芭拉從老早以前就對那老大叔充滿了好奇心，很想知道點有關他的資料，還有他爲什麼要獨自離群索居？每次人們一談到他，總是偷偷摸摸、掩嘴咬耳朵，好像在害怕什麼似的。她甚至不明白人家爲什麼會稱呼他爲阿姆大叔。他總不可能是村子裡每個人的叔叔啊！不過，既然人人都對他使用這個稱呼的話，她就隨著這樣叫他。婚後才剛住進這個村子裡的她，很希望能從身邊的朋友口中得到些資料。娣塔是這村子裡土生土長的女孩，她是在母親死了以後，才搬到外頭去自謀生計的。

她親密地抓著娣塔的臂膀，央求她：「告訴我他實際上是怎樣的一個人嘛，娣塔，別人不過是人云亦云，隨便嚼舌根罷了，可是妳再清楚也不過。告訴我，那老人家到底是做過些什麼，搞得人人對他那麼反感？還有，他一向都那麼厭惡自己的同胞嗎？」

「我有十足的理由，可以不告訴妳，說他是不是一向如此。因爲他已經年逾六十，而我只不過才二十六歲而已，怎麼可能會清楚他年少時候的事？不過假使妳答應保證守口如瓶，別搞得整個普雷蒂根地方的人們老是東一句、西一句的，我倒是可以告訴妳不少事情。因爲家母和他過去還是多雷斯克的同鄉哩！」

「娣塔，妳怎麼可以這樣說話呢？」芭芭拉一副深受冒犯的口氣。「普雷蒂根居民又不是一堆長舌族，再說，只要有那個必要，我可是很能夠保守祕密的。不騙妳，告訴了我，妳是絕對不會後悔的！」

「好吧！不過妳一定要守口如瓶。」娣塔再三提醒，然後才再右顧左盼，想要確定那小女孩沒有跟得太緊，不至於聽到兩人的密談，沒想到卻完全瞧不見她的影子。由於剛剛她倆只顧聊個不停，所以壓根兒不曾注意到女娃兒不見的事，看來她想必早就脫隊啦！娣塔停在原地東張西望，希望找出她人在何方。可是在這一路直達村莊，除了幾處轉彎之外都可以一目了然、看得清清楚楚的小徑上面，卻是連個人影也沒有。

「她在那裡！看見了嗎？」芭芭拉指著一團遠遠偏離小徑路線的目標物大叫：「她正隨著牧羊童彼得以及他的羊群在往小山上爬。奇怪了——他今天怎麼會這麼晚還在這裡呢？不過也幸好如此，這樣一來，他就可以代妳照料那個孩子，讓妳安安心心地說完整個故事啦！」

「照顧她是件輕鬆的差事。」娣塔表示：「因爲那小女孩子雖然只有五歲大，可是人卻聰明伶俐，又很懂得處處留意、管理自己的事情。謝天謝地，要想跟大叔共同生活的話，這些本領都是很有用處的。如今在這整個遼闊的世界上，他就只剩一間寒酸的小屋和兩頭山羊嘍！」

「莫非他以前不只擁有這些？」

「沒錯啊！他繼承了一大片在冬雷斯克的大農場，可惜他卻只曉得整天跟堆公子哥兒泡在一起，吃喝玩樂，沒有多久就把所有家產敗光了。他的雙親傷心憂愁過世，而他本身也銷聲匿跡了好一段日子，直到多年以後才又帶著一個半大不小的男孩回到這一帶來。這個男孩名叫陶拜，是他兒子，後來當了木匠，個性溫文而穩健。至於大叔爲何會搬離冬雷斯克，住到多福利來，我想是因爲當時有關於他的奇怪謠言四起，多得令人煩不勝煩吧！我的外曾祖母和他祖母是對表姊妹，因此兩家之間算是親戚，我們都稱呼他爲叔叔。加上全村裡人和家父這邊幾乎都有些沾親帶故的，所以大家都跟著叫他一聲『大叔』了。等到後來他搬上阿姆峰去以後，就又被改爲叫做

『阿姆大叔』了。」

「那麼陶拜後來呢？」芭芭拉迫不及待地追問。

「等一下嘛！我怎麼可能同時把每件事情都交代得清清楚楚？」娣塔嚷著說：「陶拜在梅爾斯當木工學徒，出師以後就回村子裡去，娶了我姊姊阿黛兒席德爲妻，夫妻兩人感情融洽，始終是對幸福美滿的佳偶。可惜他倆快樂的日子非常短暫。婚後兩年，陶拜就在幫人建造房子的時候被一根倒下的樑柱擊中，壓死了。我的姊姊阿黛兒席德在憂愁驚嚇、悲傷過度之餘發起高燒，從此陷入半昏半狂，再也沒有復元過。她的身子骨本來就不大硬朗，這時更常常發出一些莫名其妙的囈語，讓我們完全不知道她究竟是睡是醒。就在陶拜逝世短短不到幾週之後，可憐的阿黛兒席德也就跟著與世長辭了。

「人人都說，這是上天要懲罰大叔的作惡多端。自從他的兒子死後，他就再也不跟任何人交談一句，而且突然地搬上阿爾卑斯山的高山牧場一帶，怨天尤人地獨自在山上過生活了。」

「阿黛兒席德留下的週歲孤兒海蒂被家母和我帶回家去撫養，在我到雷加坡去時，身邊也帶著她。可是就在今年春天，去年由我負責服侍的那一家法蘭克福遊客又回來了，而且決心把我帶到他們位在市區的宅邸。能夠得到這麼良好的工作機會，我的心底可是千恩萬謝哩！」

「所以，妳就想把這個孩子交給那可怕的老頭子去帶嘍！娣塔，我眞沒想到妳竟做得出這種事來。」芭芭拉帶著譴責的口氣說。

「照我看來，我為這小孩應該做的早就已經做得夠多了。怪只怪她年紀實在太小了，不適合隨我到法蘭克福去。除了交給他外，我實在想不出還能把她送到哪裡。對了，芭芭拉，妳到底是要去哪兒呢？我們這會都快走到阿姆山的半山腰了。」

這時芭芭拉伸出手來她握手作別，轉身走向一間破破舊舊、很小很小的山間小屋。這深褐色的小屋建築在偏離小徑只有幾步外的山坳裡，藉著地形屏障，幸運地削弱了陣陣強風吹來的勁道。否則終日暴露在狂風暴雪經常侵襲的山區中，這間粗陋的小屋恐怕早就支離破碎。縱然如此，每當南風掃過山坡時，它的門窗還是會被吹得吱吱軋軋，老舊的屋椽也都跟著搖搖晃晃。若是把這小屋移到阿姆山頂上去，那麼等到暴風雪季來臨，強勁的風勢一定三兩下子就馬上把它整間颳起，掃落山谷裡；而這正是牧羊童彼得居住的地方。

十一歲的彼得每天都會先到僱用他放羊的各戶人家領出所有的羊兒，然後再集體趕上高山牧場去嚼食那漫山遍野粗粗短短、味道鮮美的原野牧草，到了傍晚再和整群腿兒短短的山羊相互競爭奔跑下山。回到村莊以後，彼得又會含著手指，撮口為哨，有羊兒的主人聽到尖銳的哨聲之後，自然會主動跑出來領回自家的山羊。而這些負責把羊帶回家去的，通常都是一些小男生、小女生。因為羊的天性和善，所以小孩子們並不會害怕牠們。這也是彼得一天之中唯一有機會可以和別的小孩相處的時候，因爲除此以外，他整個白天的時間就只有動物能夠跟他作伴了。雖然家中還有媽媽以及失明的奶奶同住，可他每天還是一早就匆匆吃完麵包、喝掉牛奶便出門，晚上又快速吃完麵包、喝掉牛奶，然後立刻上床睡覺，而且天天早出晚歸，以便儘量延長和小朋友們在一起的時間。他的父親在幾年以前的一場意外之中過世，生前同樣也被喚做牧羊人彼得，至於他的母親則被稱爲「牧羊人彼得的太太」。除此以外，不管年老年少，方圓好幾哩內，人人都叫他那瞎了眼的奶奶爲「外婆」。

娣塔靜靜目送芭芭拉的背影走到小屋門口，然後站在原地等候十來分鐘，看看那兩個孩子和羊群是不是跟上來了，結果卻到處望不見他們的蹤影。爲了擴大視野，娣塔只好繼續往上爬一小段山路，伸長脖子，滿臉焦躁且不耐煩地東張西望，俯瞰整座山谷。

其實在這段時間裡面，兩名小孩始終走著曲曲折折的路線，以相當緩慢的速度向山上移動。因爲彼得永遠曉得哪兒有豐美的牧草可供他的羊群嚼食，所以趕著羊群一會兒往東，一會兒又轉往西側。可憐的小小女孩被那一身厚重服裝折騰得氣喘如牛，千辛萬苦地努力緊緊跟上小男孩。由於全身太熱太不舒服的緣故，所以非得卯足力氣才有辦法往上爬。雖然她的嘴裡一句話都沒有說，可是看著全身只穿件輕盈柔軟的褲子、光著腳丫、自自在在奔跑跳躍的彼得，心裡卻是覺得羨慕又嫉妒。她甚至嫉妒那些光靠四隻細細的腳就可以翻過石頭堆、越過矮樹叢，甚至爬上陡峭坡道的山羊。忽然間，那小女孩子猛地一坐，開始迅速脫掉鞋子和長襪，然後再站起身來，解開厚重的斗篷和兩件小洋裝，滑不溜丟地鑽出這好幾層束縛著她的衣物，全身只剩下一件輕飄飄的連身背心襯裙。擺脫掉那些累贅的小海蒂快活極了，高興得揚起雙臂在風中揮舞。

海蒂的阿姨為了省掉攜帶的煩惱，所以才會要她先把平時的家居服穿上，還在外面硬套上做禮拜的正式服裝。這會兒，小小海蒂正把脫下來的衣物全整整齊齊地摺好、疊在一起，再邁動現在一點兒也不比彼得和他的羊群笨拙、遲緩的腳步，很快地趕上他們。原本一直不怎麼注意她存在的彼得乍看到她這身輕便的模樣，不由得笑嘻嘻地咧開了大嘴。等他回過頭去，望見擺在地上的那小堆衣物以後，嘴巴就咧得更大，笑得更加忘形了。

只是從頭到尾，他連一句話也沒有說。

那脫掉滿身沈重累贅的小女孩子覺得無拘無束，輕鬆舒適透了，開始和牧羊童彼得攀談起來，使他不得不回答她一大堆問題，她問他一共趕了多少頭羊？要把牠們帶到什麼地方？到了之後又會怎樣處置牠們……諸如此類等等的。

最後，兩個小孩總算來到那破舊的小屋前的崖頂。娣塔一見他們，登時聲色俱厲地尖叫：

「海蒂，妳做了什麼？瞧妳這是啥樣子！妳的衣服、圍巾都到哪裡去了？我剛幫妳買的新鞋、親手做的新襪子又在哪裡？這些東西全跑哪兒去了，海蒂？」

小女娃兒伸出食指來往斜下方一指，氣定神閒地回答：「在那裡。」

娣塔順著她手比的方向望過去，看見遠處地面有一小堆東西，中間還明顯地夾雜著一個小小的紅點，顯然正是那條紅圍巾。

「要命的孩子！」娣塔激動得大叫：「妳這是在做什麼？爲什麼要把所有的衣服、鞋襪都脫得光光的？」

「因爲我不需要它們呀！」看來這小女孩一點也不覺得自己的作爲有啥不對。

「噢，妳怎麼會笨成這樣，海蒂？妳莫非是昏了頭不成？」她的姨媽又氣又急地指責：「妳以爲會有誰願意再跑下去一趟，幫妳把東西拿上來？那樣走路的話可得要花上半個鐘頭時間哩！拜託，彼得，你跑下去拿一趟吧。別乾站在那兒呆看著我，好像兩腳長了根似的。」

「我已經來不及啦！」目睹海蒂的姨媽凶巴巴大發脾氣的彼得，雙手插在褲口袋裡，站在原地，一步也不肯移動。

「問題是你光站在那兒乾瞪眼，也同樣是白耗時間啊！」娣塔說：「不過要是你肯下去一趟呢，我就把這個給你。」說著，她拿出一枚五便士的硬幣在他眼晃啊晃的。彼得一見立刻拔腿狂奔，循著最筆直的方向飛也似地往下衝，不一會兒就去而復返，就連娣塔也不禁要爲他的效率誇讚幾句，馬上便把硬幣賞給了他。對他來說，五便士已經是非常難得才能賺到一次的大筆財富，所以當場樂得笑逐顏開，眉開眼笑地把它收進深深的口袋裡。

「如果你也是和我們一樣要到大叔那兒去，不妨順便幫我們拿著那包東西。」娣塔說；從彼得家的小屋內到阿姆大叔住的山頂之間，還得要再爬上一段陡峭的山路。

男孩聽完欣欣然地用左手臂挾住包袱，右手揮杖趕著羊群，跟在娣塔的後面，海蒂也一蹦一跳、歡天喜地地雜在羊兒之間一起向上走。三刻鐘後，一行人終於來到高崗，而阿姆大叔的小屋便矗立在一塊突出的岩石上。雖然沒有任何屏障可以擋掉一絲來自四面八方的風，但整座屋子卻可完全沐浴在燦爛的陽光裡。

小屋後面生長著三棵枝濃葉茂的老樅樹，更遠的地方高聳立起一片蒼灰的巉岩。站在那堆老岩石上，所有青翠肥沃的天然牧場都將盡收眼底，甚至可以望見遠方無數大鵝卵石鋪展而成的石原，一直延伸到寸草不生的懸崖峭壁。

老人選擇可以俯瞰谷地風光的角度，在小屋旁邊替自己釘了張長椅。此刻他正叼著菸斗，兩手擱在膝頭，恬淡自適地坐在那張椅子上，望著那兩個小孩領著山羊；後面跟著娣塔一路爬上來，動作輕快的彼得、海蒂老早就在半路趕過娣塔阿姨了。尤其海蒂更是率先登上峰頂，走到老人跟前，迎著他伸出手來，問候：「午安，爺爺！」

「喂，喂，這是怎麼回事？」老人粗聲粗氣地邊問邊伸出手來，短暫地握了一下，便蹙起兩道濃濃的眉毛，用他銳利的目光盯著她細瞧良久。海蒂同樣好奇萬分地仔細打量著他，眼睛眨都不眨一下，因爲他的相貌實在太奇怪。一把花白的鬍子長得又多又長，兩道凌亂的濃眉就像片雜樹林一樣交織在額頭中央。

這時海蒂的阿姨也已經上了峰頂，早她一步的彼得正站在一旁，迫不及待地等著要看有什麼好戲登場。

「日安，大叔，」娣塔走上前來，告訴老人：「她是陶拜和阿黛兒席德的孩子，您一定已經不記得了，因爲上次您見到她的時候，她還不滿週歲哩！」

「你爲啥帶她上山來？」大叔扭頭對著彼得喝令：「快快走開，去牽我的羊。瞧你遲到多久啦！」

彼得乖乖聽令，轉眼溜得不見人影；光瞧大叔剛剛瞪他的眼神，就夠他恨不得能夠腳底抹油才好呢！

「叔叔，我今天把小女孩帶到這兒是準備交給您扶養。」娣塔表示：「過去這四年來我該做的都已經做得夠多了，從今天起，應該輪到您來負責供她吃穿、供她住了。」

老人眼中噴出怒火。「什麼鬼話！」他說：「萬一她開始嗚嗚咽咽、哭著找妳的時候，我該怎麼辦？所有這丁點兒小的孩子都免不了會那樣，到時候我根本就應付不了。」

「這總得要自己想辦法！」娣塔反駁說：「在幾年前人家把這還是個小寶寶的女娃兒交給我帶的時候，一點經驗也沒有的我，還不是得樣樣自己設法，也沒有人教我應該怎麼做；那時候我本來就有自己的媽媽要照顧，還有一大堆做不完的事情要忙。所以現在就算我想去賺點兒錢，您也不能怪我。如果您沒法兒養育這個小孩，那就隨您愛怎麼樣處理她好了。萬一她出個什麼差錯，自然唯您是問，而我也深深相信，您絕不想再做出任何對不起良心的事了。」

原本只打算交代一聲就走的娣塔，在激動中忍不住冒出一大串話來，說穿了全是因為她自己的良心也不太能安的緣故。大叔才聽到一半便霍然站起身來，這會更是活像要用兩隻眼睛把她吃了一般，惡狠狠地瞪著她，嚇得她連連倒退好幾步。接著老人更頤指氣使地將手一揮，指著下坡方向對她大吼：「滾！快給我滾！馬上滾回妳住的地方去，短期之內千萬不要讓我再見到妳！」

娣塔一聽這話，馬上衝著海蒂說聲：「再見！」同時對著大叔喊聲：「保重！」便急急忙忙轉身用快得不可思議的速度向山下跑，這會兒村子裡大聲招呼她的人比早上上山時更多了許多，因為大家都很納悶她把身邊帶的小女孩子留在哪兒？這些人個個都知道她們的來龍去脈。眼見人們頻頻從窗戶門口探頭出來打聽：「那孩子呢？」「娣塔，妳把她留在哪裡了？」……等等諸如此類的問題，娣塔愈來愈不耐煩，愈沒好氣地回答：「在阿姆大叔那兒——在阿姆大叔那裡啦！」尤其聽到前後左右都有婦人在對她大喊：「妳怎麼可以這樣？」「可憐的孩子！」「竟然把那無依無靠的孩子丟在那裡！」妳一言我一句的，更把她惹得心浮氣躁。在一遍又一遍的「可憐的小寶貝！」聲中，衝得像腳下踩著輪子似的，好不容易終於再也聽不到那些聲音，這才鬆了一口氣。

因為，坦白說，她的內心也非常惶恐不安呢！畢竟要她好好照顧海蒂是她母親臨終之際留下的遺言。可是——話說回來，要是能夠賺到更多金錢的話，自然也會更有能力幫助那個孩子啊——娣塔暗暗自我安慰。她很高興擺脫那些多管閒事的鄉親，同時懷著滿腔喜悅，快樂地期待早早投入新的職場。

2 祖孫情

大叔眼看著娣塔遠遠跑得不見人影，於是又重新坐回長板凳，低垂著頭，兩道目光死盯地面，始終悶不吭聲，只顧大口大口抽著菸斗，吹出一團團迷濛白色煙霧。沒人理睬的海蒂自己一個人左顧右盼，望見屋旁有座羊棚，立刻瞇著眼睛細細窺探，結果裡面卻空空如也。爲了尋找更有趣的東西，海蒂開始繞著房屋四周到處張看，發現小屋後方長著三棵老樅樹。呼呼的山風從它們的枝葉之間吹嘯而過，掃得整片樹梢都在搖搖擺擺。海蒂靜靜站在那兒聆聽風吼，等到風勢稍歇之後，才又繞回屋前去找她祖父，發現他仍然維持同樣姿勢坐在原處，索性走到他的面前，雙手交叉在背後，定定地凝視著他看。老人抬起頭來，瞧見她動也不動地站在自己對面，於是問她：「現在妳想做什麼？」

「我想看看屋裡有些什麼東西。」

「那就進來吧！」老人說著站起身來轉身往裡走，同時吩咐了她一聲：「順便把妳的東西，也拿進來。」

「我再也不需要它們啦！」海蒂回答。

老人回過頭來，目光灼灼地飛快打量她一眼，發現這小女孩子一雙烏溜溜的眼珠正閃閃發光，看似對眼前即將見到的一切都充滿了期待，不禁喃喃自語：「她非常聰穎，」隨即大聲問她：「妳爲什麼再也不需要它們了？」

「我想像那些光著腳，什麼也不用穿的山羊一樣，輕輕鬆鬆到處跑。」

「哦，可以！不過妳還是得把它們拿進來，暫時先收進櫥子裡擺著。」海蒂乖乖抱起那包衣物，老人隨即打屋門，領著海蒂走進一個相當寬敞的房間。整座小屋裡面也沒有另做隔間。屋內有個角落擺著一張餐桌，一把椅子，另外一個角落陳設著老爺爺的床。對著門的那面牆邊轉角有座壁爐，上方掛著一隻大茶壺，而和它們相對的牆壁則嵌入一扇寬大的門。爺爺打開那一扇門，裡面就是容納他所有衣服的櫥子。其中一邊架子收著幾件襯衫、幾條毛巾，和幾雙襪子，另外一邊擺著幾張盤子、幾個陶土杯和玻璃杯，而在頂格上面則貯存著一條麵包、少許熏肉和乾酪，等於所有生活必需品都被爺爺收藏在這座櫥子內。他一打開櫥門，海蒂立即將自己的衣物全往擺衣服的那邊架子一放，盡情往它最深的角落裡推。她可不想沒過多久又看見那堆累贅。在仔細打量整個屋裡一圈後，這小女孩子提出一個問題：

「爺爺，我要睡哪裡？」

「隨妳愛睡哪裡就睡哪裡。」這個答案簡直太合海蒂的意了。她張大眼睛細看每個角落，找出每個細微隱僻處，以便找出最適合她舒舒服服睡場好覺的地方。最後她在老人床邊看到一把短梯，爬上去後，發現那兒堆滿清新芬芳的乾草，正是貯存草料的地方，而且在它牆邊還開了個小小的圓窗，正好可以俯瞰遠遠的山谷。

「我想睡在這上面！」海蒂低頭大喊：「噢，這兒眞是太迷人了。爺爺，拜託你也上來嘛！上來親眼看一看。」

「知道啦！」底下傳來老人的聲音。

「我現在正在鋪床，」小女孩一面來回忙碌奔跑，一面再度大叫：「噢，拜託帶條床單上來一趟，因爲每張床都必須要有一張床單的呀，爺爺。」

「是嗎？」老人應了一聲，不久便打開櫥櫃到處翻找一陣，最後總算從整堆襯衫下面拖出一條長長的粗布，看起來倒也滿像是一張被單的。他拿著這條粗布爬上梯頂，看見海蒂已經鋪好一張整整齊齊的臥榻，其中一端還高高地堆起乾草，以便枕在上面的腦袋可以正對著圓窗。

老人見了她的這番布置感到十分滿意，爲了怕她覺得那張臥鋪太硬，又特地再多鋪上一層乾草，然後和海蒂兩人合作將厚重的床單蓋在上面，把四個角落全塞好。海蒂若有所思地看著她那清秀的新床，告訴老人：「爺爺，我們忘了一件事情。」

「什麼事？」他問。

「我沒有被子。以前我每次上床睡覺時都是鑽進床單和棉被中間睡的。」

「要是沒有被子的話，我們該怎麼辦？」爺爺詢問著。

「沒有關係，那我就抱些乾草來蓋在身上好了。」海蒂說著便準備要再去多搬些乾草，不過卻被老人叫住了。

「等一下！」他吩咐一聲，馬上爬下梯子，從自己的床上抱一個又大又重的痲布袋子上來給那小孩。

「這是不是要比乾草好多了呢？」

海蒂使盡吃奶的力氣也沒辦法將它攤開、鋪好，因爲對她的小手來說，那個袋子實在太重啦，所以爺爺便代她把那厚厚的袋子鋪平在乾草墊上。海蒂看著爺爺將一切整理妥當後，不禁讚歎：「多麼舒適的一張床鋪啊！多麼棒的一條被子！我眞希望現在已經是晚上，這樣的話我就可以馬上鑽進去了呀！」

「不過，我們還是應該先吃點兒東西，」爺爺告訴她，「妳說對不對？」

一心只顧忙著整理床鋪的海蒂，壓根兒把其他所有事情都給拋到九霄雲外去了。經過爺爺這一提醒，才猛然發覺自己果眞餓扁嘍！今天一整天，她只在一大清早吃過一片麵包，喝下一杯稀稀的咖啡，就出門展開長途跋涉了，所以這時趕緊滿口贊成地回答：「嗯，對啊，爺爺！」

「那麼我們就下去吧。」老人說著，先讓海蒂踏著短梯往下爬，自己緊跟在她後面下了地面，他先走到壁爐前去把那把大茶壺堆到一旁，然後取下一個吊在鏈子上面、較小的茶壺，再坐到一把三條腿的板凳上面生起熊熊的爐火。就在壺嘴開始「咕嘟嘟——」地冒出白煙時，老人又拿起一支長鐵叉來，叉著一大團乾酪在爐火上面烘烤，同時不斷翻轉鐵叉，直到整團乾酪外表都被烘成油亮亮的金褐色。這時一直目不轉睛在旁觀看的海蒂突然跑到櫥櫃前，等到爺爺提著茶壺和烤好的乾酪來到桌邊時，便發現桌上已經整整齊齊地擺好兩個盤子和兩把餐刀，而麵包也已出現在餐桌正中央。因爲海蒂早就在櫥子裡頭看見這些東西，知道它們在用餐時候都用得上，所以就全都拿出來了。

「唔，不錯，不錯！」爺爺一面在麵包上塗抹乾酪，一面欣慰地說：「看來妳滿懂得自動自發，滿會設想的。不過——還缺少一樣東西。」

海蒂看見那熱騰騰直冒水蒸氣的水壺，於是急忙跑到櫥櫃前，發現架子上只擺著一個碗。不過她一點也不覺得傷腦筋，因爲碗後面還有兩個玻璃杯。她把這三件東西一併拿到餐桌上。

「嗯，妳的確挺能夠照料自己！只是——妳該坐在哪裡好呢？」爺爺問；因爲餐桌邊總共就只有一張他自己坐的椅子。海蒂拔腿又跑到火爐前，拿起那張小板凳搬回餐桌旁。

「現在妳有椅子啦，只不過實在太矮太矮了。事實上，以妳現在的個子，就算坐在椅子上也搆不著桌面的東西。算啦，反正妳得先吃點兒東西！」爺爺說著在小碗倒滿了羊奶，再把它擱在自己椅子上，然後盡可能把它推近小板凳，如此一來，海蒂面前就等於有了一張餐桌了。

他吩咐她吃掉塗滿整層金黃色乾酪的麵包，同時自己也坐到桌子的一邊開始吃起午餐來。辛苦爬了大半天山路的海蒂早就口乾舌燥，當下捧起小碗一口氣喝個精光，這才長長吸了一口氣，將它放下來。

「好喝嗎？」爺爺問。

「我從沒有喝過比這更香的。」

「那麼妳應該再多喝一點兒。」爺爺說著又幫她倒了滿滿的一碗。

小女娃兒津津有味地邊吃麵包，邊喝羊奶，吃完之後和爺爺一塊兒走出屋外，來到羊棚裡，全神貫注地看著他在那兒又是打掃，又是幫羊兒鋪下一些新鮮草梗，好供牠們趴著睡覺，一個人忙碌個不停。接著他又走到屋旁的小工具室內，去幫海蒂釘製一把高腳椅子，直惹得那個小女孩子看得滿臉驚異。

「這是什麼？」爺爺問她。

「要給我坐的椅子。我敢說一定是；因為它是那麼的高哇！爺爺，您做得好快喔！」小女孩的口氣裡充滿了敬佩與驚奇。

「她懂得不少，而且很有觀察力。」爺爺一面喃喃自語，一面帶著鐵錘、釘子，繞著小屋四周，到處修理所有需要修理的東西，海蒂也亦步亦趨，興味盎然，目不轉睛地觀看他所做的每一個動作。

緩緩地，小屋邊的天色漸漸昏暗，高山上狂風四處呼吼。強勁的風勢掃過三株老樅樹梢，把它們給吹得窸窸窣窣。那陣陣風聲、枝搖葉動的聲音撩起海蒂的興奮，令她心中充滿快樂與欣喜，感覺彷彿奇蹟降臨到身上，忍不住要繞著三株樹幹一蹦一跳、手舞足蹈。爺爺站在門口凝視著歡欣雀躍的孫女，驀然，一聲尖銳的口哨聲音傳入他倆的耳中。海蒂停止所有動作靜靜站在大樹下，爺爺也走到她的身邊來陪伴她。緊接著，一隻接著一隻山羊陸續爬上山巔，彼得也出現在他們眼前。海蒂歡呼一聲衝進羊群之間，開心地招呼她的老友們。等到所有山羊都走過小屋門前時，牠們便集體停止行動，其中兩隻美麗瘦高的羊兒，一棕一白，慢慢地走出羊群，來到爺爺的跟前。老人迎著牠們伸長雙手，手中各有一撮鹽巴；這是他每天晚上都要餵給牠們舔食的。海蒂溫柔地摸摸這隻，再撫弄撫弄那隻，開心得臉上笑容可掬。

「這兩隻羊是我們的嗎？兩隻都是嗎？牠們會不會進羊棚去？是不是會留在我們家裡？」興奮的海蒂一個問題問完，馬上又接著一個，問得她爺爺幾乎連句：「對，對，當然會！」都來不及插口回答。等到兩隻山羊把鹽全舔乾淨以後，老人立即吩咐：「海蒂，進屋裡去，把妳的碗和麵包拿過來。」

海蒂趕緊跑進屋內，不一會兒工夫便去而復返。爺爺從白羊身上擠出滿滿一碗奶，又切下一塊麵包給那孩子，要她吃掉。「吃完以後妳就可以進去睡了。要是需要換件衣服或是襯裙的話，娣塔姨媽幫妳留了一包東西，就放在櫥子裡的最底下一格。好啦，晚安。我得先照料這兩隻山羊，把牠們關進羊棚去過夜。」

「晚安，爺爺！」海蒂望著他離去的背影，猛然想起一件事情，趕緊又高聲呼喊：「噢，拜託請告訴我牠們叫什麼名字。」

「白的叫做思凡麗，棕的叫芭莉。」

「思凡麗晚安！芭莉晚安！」小女娃兒扯開嗓門大叫；因為兩隻山羊的身影都已經快完全隱沒在羊棚裡了。這時海蒂坐在長板凳上，開始吃晚餐。強勁的山風差點把她吹跌下椅子，嚇得她趕緊匆匆忙忙把麵包塞進嘴裡，喝光羊奶，以便早點進屋去睡覺。爬上床後，海蒂馬上就像躺在皇宮大院裡軟綿綿的床上一樣，香香甜甜地睡著了。

就在海蒂上床不久，天色還沒完全暗下來，老人也爬上自己的床鋪去就寢。夏天，太陽總是七早八早便已躍上東山頭，老人家也在曙光初露之際就起床展開一天的工作。這是一個狂風肆虐的夜晚，整座小屋在陣陣強風吹打之中不斷抖顫，所有拼搭成小屋牆壁、屋頂的木板也都在吱吱嘎嘎作響。狂風吹過煙囪，吹過三株老樅樹身，把它們的枝幹打得在屋後瘋狂搖擺，樹上的枯枝也被大把大把捲起，「嘩——嘩——」有聲地拋落在地上。

老人半夜醒來，暗暗心想：「海蒂一定嚇壞了。」於是爬上短梯，湊近她的床邊探看。剛開始那一瞬間他的眼前漆黑一片。突然，月亮從烏雲後方探出頭來，將銀白的光輝遍灑在小海蒂床上。她的臉兒紅得像顆蘋果，兩隻胖嘟嘟的手臂枕著小腦袋，睡容安詳，頰邊甚至漾著一抹笑容，看來必定是在酣睡之中做了一個愉快的美夢。爺爺站在梯上靜靜端詳著她的面孔，直到一朵浮雲再度冉冉飄過，遮住明月光華，使得四周重新陷入伸手不見五指的黑暗，這才不得不下了樓梯，摸回自己的床上。

3 牧場上

第二天早上，海蒂被一聲嘹亮的口哨聲音吵醒，睜開眼睛一看，只見整張小床和身邊的乾草都沐浴在金黃色的陽光中，一時間根本想不起自己身在何處不過等她聽見屋外爺爺低沈的聲音，頓時全都回想起來了。她記起自己是如何離開一向非常怕冷、整天坐在小火爐旁邊還照樣猛打哆嗦的厄蘇拉老婆婆家的。由於老婆婆耳朵聾了，所以在海蒂和她同住時，總是很怕讓她出去戶外，經常把那小女孩鬧得心浮氣躁的，恨不得能夠插翅飛到外面去。所以一想到自己現在是在新家，海蒂就樂得眉開眼笑，而且迫不及待地想再看山羊。於是她迅速鑽出麻布袋，一躍而起，穿上簡單的衣物，一忽兒工夫便已經爬下樓梯，跑到外面來。

彼得已經趕著羊群來到他們家門口，正在等待思凡麗和芭莉出來和大家會合。爺爺把那兩隻羊從羊棚帶出來，同時詢問海蒂：

「妳想不想跟他一塊兒去牧場？」

「想！」海蒂拍著手大叫。

「那就快快去洗把臉吧！否則讓太陽看見妳的臉上髒兮兮，它會笑妳的。東西我已經全幫妳準備好了。」他指著一大桶曝曬在陽光下的水對她說。於是海蒂聽從他的話認眞洗了把臉，把兩片臉頰都搓得泛出紅光。趁著這段時間，爺爺叫彼得提著自己的袋子隨他進屋去，然後吩咐他打開袋子，裡頭裝的是那男孩少得可憐的午餐。爺爺又在袋裡加進一塊麵包，一片乾酪，兩樣加起來的分量起碼比男孩的午餐多出一倍以上。

「另外，還得把小碗也給放進去。」阿姆大叔說：「因爲那孩子不懂得怎麼像你一樣直接從羊身上吮奶吃。她一整個白天都要跟著你，所以午餐時記得幫她擠兩碗羊奶喝。小心別讓她從大岩石區跌下山谷去。聽清楚了嗎？」

就在這時，海蒂從外面衝了進來，大聲問：「爺爺，您看太陽還會笑我嗎？」那孩子剛剛用她爺爺擱在桶子旁邊的粗布毛巾，賣力把自己搓了又搓，洗了又洗，所以現在整張臉龐、脖子、兩隻手臂都紅得像龍蝦一樣。爺爺面露微笑告訴她：「不，現在它再也不會笑妳啦；不過等妳晚上回來以後一定要像條魚一樣跳進大水桶裡。因爲像你們這樣跟著羊群出去外面四處跑，一定會把兩隻腳弄得非常非常髒。好嘍，出發吧！」

兩個小孩歡天喜地地趕著羊兒往山地牧場的方向而去。天空萬里無雲，抬頭望去只見一片浩瀚無垠的晴藍，因爲所有的微雲都已被昨夜的狂風驅散。亮麗的陽光照耀整面山坡，翠綠的青草地間開放著無數鮮豔的黃、藍色花朵。海蒂欣喜若狂，撒開腳步自在地在原野地上奔跑，一會兒衝到大片豔紅色的櫻草花旁欣賞它們風姿，一會兒望見成簇亮藍色的龍膽花在碧草地間招搖，還有隨處可見的金黃色岩薔薇，每一朵都在迎著她點頭微笑。整路只顧追逐花兒盛開容顏而奔跑的海蒂，甚至忘了彼得和羊群的存在，遠遠把他們拋在背後，而且又偏離小徑跑到其中一側山坡上；因爲那些燦爛耀眼的花朵總是令她忍不住受引誘。她摘了好多好多鮮花放在她的小圍兜兜裡，準備把它們帶回家裡去。

彼得兩隻圓滾滾的大眼睛時常跟丟了小女孩的身影，只是每走幾步就拉長脖子、踮起腳尖極目張望。而那群山羊更是糟糕，每次都非得要他拉開嗓門大聲么喝、吹口哨，省不得還得加上揮舞竹竿，才能將牠們趕在一起。

「喂——海蒂，妳現在在哪裡？」他氣急敗壞地呼喚。

「這裡——」小女孩的聲音從某處傳來，可是彼得卻望不見她的身影。那是因爲她正坐在一小朵長滿香花植物的土堆後方，大口大口地呼吸著那瀰漫在附近整空氣中的香氣。

「趕快過來跟我在身邊！」彼得大喊：「老爺爺吩咐過要我小心看著妳，千萬別讓妳從大岩壁上掉下去。」

「那是在哪裡？」海蒂無動於衷地問了一聲。

「在那頭，還得爬上好長一段路哩！只要妳肯快快跟上來，我們說不定可以看到常常棲息在那上面的老鷹，聽到牠在嘎嘎大叫。」

海蒂一聽登時著了迷，馬上兜著滿滿一圍裙鮮花，飛奔到彼得身旁。

「哇，妳可不要再採啦！」他對她說：「要是妳今天一天就把所有花兒採光，那麼明天山上就沒有花朵可看嘍！」

海蒂覺得他說得很有道理，再說她的圍裙也已經兜得滿滿的啦，所以從這一刻開始便寸步不離地跟著他。而漸漸嗅到遠山飄來香草味的山羊們，也都自動加快腳步向前跑去。

平時，彼得通常會將羊群趕到一處巉崖峭壁腳下去放牧。那巉崖看似高聳入雲，而草地的另外一側又凌空突出幾塊大岩石，形成險象環生的斷崖，這也就難怪閱歷豐富的大叔要事先提醒彼得千萬小心。

兩個小孩領著羊群來到目的地之後，彼得卸下肩頭背袋，把它放進草地間的一個小洞裡，因為他可不想讓自己和海蒂兩人寶貴的午餐被高地上不時颳起的狂風掃到斷崖下，然後疲倦的他，便開始躺在草地上曬太陽。

海蒂脫下圍裙，把它緊緊地捲成一團，塞進彼得袋子裡，坐到他的身邊放眼欣賞四周的景色。遠遠地，她望見一片銀光閃耀的谷地，越過山谷，前方巍巍聳起一座壯觀的雪峰。海蒂靜靜坐在那兒，身邊的彼得睡得好熟好熟，羊兒紛紛在矮樹叢鑽進鑽出。海蒂置身於群山環抱的高地牧場上，一陣輕風拂面，吹起她心頭一陣前所未有的幸福快樂之感。她仰望一座一座高高的山峰；漸漸地，每座山峰都好像擁有一張自己的臉龐，不一會兒就讓她感覺到彷彿是在和老朋友們對看那般地熟悉。

忽然間，她耳中聽到一聲響亮刺耳的大叫，抬頭一看，望見半空之中出現了一隻她平生僅見最大的飛禽，正展開雙翼，繞著自己頭頂上方劃著大大的圓圈飛翔盤旋著。

「彼得，快起來！」海蒂大叫：「看看那邊，彼得，看那一隻老鷹！」

彼得霍然醒來，和她一同坐在地上屏氣凝神地觀看牠越飛越高，直上藍天，最後消失在對面的山峰後。

「牠飛到哪裡去了？」海蒂問。

「飛回牠的巢。」彼得回答。

「噢，牠眞的住在那邊嗎？太棒啦！可是，彼得，牠爲什麼要叫得那麼大聲呢？」

「因爲牠天生嗓門就很大。」

「噢，讓我們爬到那邊去看看牠的巢嘛！」海蒂央求著，可是彼得卻一口回絕：「噢，不行，不行啦！就連羊群也沒有辦法爬到那上頭，何況爺爺又交代我千萬別讓妳掉下斷崖去，所以我們不能去！」

這時，彼得開始大聲叫喊，並吹口哨，很快的，羊群就都集合到青草地上來。海蒂立刻衝到山羊群中，因爲她好喜歡看見牠們蹦蹦跳跳、四處遊玩的活潑樣子啊！

在這同時，彼得正忙著幫他自己和海蒂準備午餐，把他那小小的一份放在一邊，海蒂大大的一份擺在另一旁，然後從芭莉身上擠出滿滿一碗羊奶擱在正中央，全部弄好以後便出聲招呼海蒂一起用餐。不過那小女孩子卻拖拖拉拉，經過好一會兒才朝他跑了過來。

「好啦好啦，別再活蹦亂跳啦，」彼得說：「快坐下來，妳的午餐已經準備好了。」

「這羊奶是給我喝的嗎？」她先問清楚。

「對；還有那份比較大份的食物也是。等妳這碗羊奶喝完，我會再幫妳擠一碗，然後我再喝我的。」

「你的羊奶是從哪裡來的呢？」

「從我自己的羊身上擠——喏，就是那邊那一頭花羊。好了，別再問啦，快吃吧！」

於是海蒂捧起小碗來把羊奶喝光，彼得接著又幫她擠了第二碗。海蒂撕下一小片麵包自己吃，其餘連同乾酪全都給了彼得。說來其實光是她分給他的那一部分麵包，甚至都比他自己帶來的那塊還大呢！「這些給你，」她說：「我已經吃飽啦！」

彼得聽了驚訝得說不出話來。因為換做是他，鐵定無論如何都絕對別想叫他分半口食物給人家，所以一時還以為海蒂只是嘴巴說說而已。海蒂見他猶豫不決，乾脆把那些東西放在他的大腿上。這樣一來，他馬上知道她是當眞要把午餐分給他，連忙一面頷首表示謝意，一面飛快抓起食物，大口大口享用這有生以來吃到最豐富的一餐。海蒂坐在一旁，看著散布在這片高山牧場上面漫步、遊戲、吃草的羊群，同時向彼得詢問牠們各叫什麼名字。

男孩一一告訴海蒂，因為那幾乎是他腦袋裡唯一記得清楚的東西。海蒂全神貫注地聆聽，不一會兒就都全部記熟了。其中有隻叫做「大暴君」的羊，總愛用牠那一對大角去牴撞其他同伴，所以大多數的羊總是一見到牠便望風而逃，唯有一隻名叫「梅花雀」的大膽山羊例外。牠三番四次用牠那對尖銳的羊角對準大暴君衝來，一副要和牠大打一仗的大膽挑釁態度，常常令牠這對手當場錯愕得呆呆站在原地，忘了要應戰。

另外有隻叫做「雪蚱蜢」的純白色小羊，打從出門開始就老是「咩咩」地直叫，淒楚可憐的叫聲好幾次惹得海蒂忍不住走上前來安慰牠，最後甚至摟著那小傢伙的脖子垂問：「你怎麼了，小雪蚱蜢？為什麼整天都在哀哀叫著，想引起人家同情？」小羊卻依賴地將牠那顆小腦袋瓜緊緊貼在海蒂腰間，靜靜依偎在她的身旁。還在大啖午餐的彼得趁著一口食物剛剛下肚，一口還未咀嚼的空隙，對她高喊：「那是因為老羊在兩天以前離開我們，被人賣到美茵菲去了，所以牠才會覺得那麼難過啊！」

「老羊是誰？」

「當然是指牠的媽媽嘍！」

「那麼牠的奶奶呢？」

「牠沒有奶奶。」

「爺爺呢？」

「也沒有。」

「好可憐的小雪蚱蜢唷！」海蒂說著，輕柔地把那小東西摟得更緊密。「從今後別再傷心了，以後我每天都和你們一同上山來，不管你遇到什麼事，都可以跟我說。」

雪蚱蜢把牠的小腦袋瓜擠在海蒂的肩窩裡摩啊摩地撒嬌著，不再咩咩悲啼。等到彼得終於吃完午餐後，也獨自跑來海蒂的身邊。

這一整個上午下來，海蒂觀察到思凡麗和芭莉可以說是所有羊兒當中最乾淨、最美麗的兩隻，對於老愛強行接近牠們的大暴君總是帶著一股不屑與之為伍的神氣，閃牠閃得遠遠的，而且無論何時都有辦法自己找到長得最綠的茂草叢。她向彼得提出這點，對方回答：「我知道！牠們當然會是最美的，因為大叔常常幫牠們洗澡，又每天餵牠們吃鹽，而且他搭在小屋旁的棚子也顯然是這一帶最好的。」

猝然間，一直躺在草地上的彼得猛地一躍而起，跟著羊群大步地飛竄。海蒂看得出一定是出了什麼事啦，趕緊也站起來急追過去。她看見彼得飛奔到一處危險的萬丈深淵邊，原來他一開始就注意到魯莽的梅花雀越走越靠近險地，所以趕緊衝了過來，希望能及時防止牠掉到斷崖下。不幸的是，他在慌亂中卻被一顆石頭絆倒，所以只能夠來得及抓住梅花雀的一隻後腿。正在悠然漫步的梅花雀發現有人阻礙牠行動，氣得咩咩大叫猛掙扎，而摔倒在地，無法起立的彼得便只好拉開喉嚨，大聲地呼喊求救。海蒂看得出梅花雀的腿都快被彼得拉得脫臼了，趕緊拔起幾棵芳香的青草，湊近那隻小傢伙鼻端，哄著牠說：「來，來，梅花雀，乖乖聽我說。快轉過身來，不然你可能會跌下山谷，摔斷你的腿，把自己給弄得渾身是傷。」

梅花雀回過頭來，嚼食海蒂手中的青草，彼得也趕緊乘機爬起身來，在海蒂的協助之下挽住梅花雀脖子上的繩圈，把牠牽回到安全地帶，然後揚起竹竿準備打牠一頓以示懲罰。梅花雀知道自己即將遭受的處置，畏畏縮縮地直向後退卻。海蒂也大聲尖叫：「不，彼得，拜託別打牠！你看你把牠嚇壞啦！」

「牠活該！」彼得咆哮著，眼看手中的竹竿就快揮到牠身上，海蒂卻一把抓住他的手臂，義憤填膺地大吼：「放過牠！我不許你傷害牠！」

彼得看見她那副威嚴的神氣，眼中露出憤慨的光芒，只好放開手中的繩圈，不再堅持，轉而要求：「要是妳明天再分一片乾酪給我，那我就放過牠。」因爲他希望自己剛剛受的驚嚇，能夠得到一點兒補償。

「不管明天、後天、隨便哪一天，你都可以吃到那片乾酪。」海蒂向他擔保。「因爲我不需要它。而且只要你肯答應我以後絕不再打任何一隻羊，我還會分你一大片麵包。」

「我才無所謂呢！」彼得惡聲惡氣地應了一聲，算是答應她了。

白晝將盡，一輪紅日逐漸偏墜群山後。海蒂坐在青草地上，注視那在夕陽餘暉之中點染金光、搖曳生姿的藍鈴花和野玫瑰，而周圍環繞的群峰也各自披上一層紅紗。驀然，海蒂衝著男孩大喊：「噢，彼得，快看！所有的東西全都著火啦。天空在燒，還有一座座的高山也在燒。噢，你看，那邊的月亮也在燃燒哪。你瞧見了嗎？所有的高山都沐浴在一片紅光下哩！噢，瞧那紅紅的雪是多美麗！彼得，老鷹的巢必定也已經著火啦！噢，瞧瞧那邊那些老樅樹！」

彼得若無其事地邊仰起頭來，邊剝他的竹皮，告訴海蒂：「那不是火；每天到這時候看起來都是這個樣子。」

「不然這又是什麼呢？」她殷切期待著答案，同時忙著一一注視四面八方。

「是天生自然就這樣。」彼得說。

「噢，快看！現在所有東西全都變成玫瑰紅的了！噢，看看那邊那座布滿了雪、聳起好多個尖峰的大山。它叫什麼名字呢？」

「山是沒有名字的。」他回答。

「噢，瞧，多麼美麗啊！看起來就好像有成千上萬的紅玫瑰開放在那些峭壁懸崖上。噢，現在又漸漸變成灰色的了。噢，天哪！火熄啦，什麼都沒啦！噢，好可惜啊！」海蒂垂頭喪氣地歎息。

「好了，別難過了。等到明天，它們全都會再出現。」彼得向她保證。「現在我們得趕快回家嘍！」說著，他便集合羊群，開始動身往下坡路上走。

「以後我們每天上山都可以看到剛剛的景色嗎？」海蒂急切地問。

「通常都可以。」

「明天呢？」

「明天一定行。」彼得的口氣非常篤定。

海蒂聽完心情豁然開朗，安安靜靜跟在他的身邊，沿途思索今天一天見識到的新事物。終於他們回到小屋，看見爺爺正坐在樅樹群下的一張長板凳上等待著他們。海蒂飛奔到他的面前，兩隻聰明的山羊也自動離開隊伍過來找主人。彼得對她高呼：「明天要再來喔！再見！」

海蒂揮揮手，向他保證明天一定到。這時，她發現自己正被羊群團團地圍住，於是蹲下身來摟住小雪蚱蜢，跟牠依依不捨地道別。

等到目送彼得身影漸漸走遠，終於消失不見後，她又回到祖父跟前，嘰哩呱啦地對他訴說：「噢，爺爺！山上好美喔！我看到火，還看到開遍大岩石壁上的紅玫瑰！瞧，我還帶了好多鮮花要回來給您哩！」小女孩說著，抖開她的圍裙，可是，噢，怎麼會變成這樣？全都皺巴巴的，海蒂甚至都認不得那是些什麼花了呀！

「爺爺，怎麼會這樣？它們本來非常非常漂亮啊！」海蒂失聲尖叫。

「它們天生適合開放在陽光下，不適合被囚禁在妳的圍裙裡。」爺爺說。

「那我以後再也不要摘花了。爺爺，拜託您告訴我老鷹爲什麼會叫得那麼大聲？」

「妳先去洗個澡，等我到羊棚去幫妳擠好羊奶，咱們一塊兒進屋去吃晚飯時，我再來告訴妳答案。」

海蒂洗好了澡，隨爺爺進入小屋，坐在她的高腳餐椅上，望著眼前那碗羊奶，再度提出先前的問題。

「因爲牠在嘲笑底下那些住在村子裡頭、常常弄得彼此不合、互相生氣的人們，大聲對他們召喚：『——要是你們肯像我一樣遠離人群，住在高山上，日子一定會過得痛快多啦！』」爺爺說到最後，語氣變得高亢激昂，令海蒂不由得回想起老鷹那又高又尖銳的叫聲。

「山爲什麼沒有名字，爺爺？」海蒂問。

「每一座山都有它們自己的名字，只要妳把它們的形狀描述給我聽，我就能告訴你它們各叫做什麼名字。」

海蒂形容了幾座山的樣子，爺爺都能說出那是什麼山。最後那孩子又對他敘述今天發生的種種事情，尤其是她看見漫山遍野、谷底天邊都像著了火般紅殷殷的那一段，並請教這奇特的景觀是如何產生的。

「是太陽的傑作。」他解釋說：「每當它要向群山說再見時候，就會將它最美麗的光輝灑在它們身上，好讓它們不會在隔天清晨重逢以前就把它忘了。」

海蒂十分喜愛這個說明，幾乎巴不得馬上就可以再次看見太陽向群山道別。這該是上床睡覺時間了；海蒂一整個晚上都睡得好香好甜。她夢見在一座座遍染紅光的高山上，小雪蚱蜢正活潑快樂地奔躍於其間，而牠的四周開滿了無數閃爍生輝的玫瑰，鋪展成一大片燦爛的玫瑰花海。

4 在外婆家

隔天早晨，彼得再度趕著羊群上山來，海蒂也再度隨著他們到牧場。

以後日復一日，同樣的模式繼續進行，健康的生活環境把海蒂的身體養得越來越壯、越來越結實。不久，秋天來到，山風經常呼呼地吹號。每當秋風颳得特別強勁時，爺爺就會交代：「海蒂，妳今天必須留在家裡；因爲像妳這樣一個小不點兒，一陣強風就能把妳吹下山谷去。」

彼得一遇這種日子總是悶悶不樂，因爲他簡直不知該如何打發放羊的時光，而且又少掉一大半豐富的食物可以當午餐。再說羊群都已經非常習慣有海蒂作伴，所以只要她不在他身邊，牠們也都不肯乖乖跟著他行動。

海蒂本身倒是十分樂意留在家中；因爲她最喜歡看著爺爺手持鐵鎚、鋸子，敲敲打打，轉眼修好一樣東西、釘出一件新家具的樣子。偶爾，爺爺還會趁著這種日子提出一個桶子，捲起衣袖，光著手臂攪動桶中的奶油，製造成一小團、一小團的乾乳酪，而欣賞他這些動作正是海蒂莫大的樂趣。倘若遇到狂風大作，掃過屋後的那三株老樅樹梢時，小女孩子更會迫不及待地跑到屋外碎石地上，興奮地聆聽那由「呼——呼——」風吼結合「唰——唰——」的枝搖葉動之聲，合譜而成的大自然奏鳴曲。此時太陽已幾乎完全失去熱力，所以她不得不穿上她的鞋襪和外衣。

天氣越來越冷，每當彼得趕羊來到小屋前時，總要不停對著他那凍得發僵的雙手猛呵氣。終於有那麼一天，窗外的飛雪飄了一整夜，深深的積雪讓彼得再也沒有辦法上山放羊了。海蒂站在窗口望著茫茫雪花不斷飄下，地上積雪也持續越堆越高，不久更封住門檻、窗框，再也無法出入了。連著幾天下個不停的大雪，讓海蒂以爲只怕整座小屋就快會被它掩埋了。幸好，總算有一天雪花不再紛紛飄墜。爺爺趕緊拿起鏟子，剷開堆積在門口、窗外的積雪，這兒一垛、那兒一垛地將它們對放到別處。到了下午，他們祖孫兩個正坐在爐邊取暖，忽然聽見外面傳來劈哩啪啦的腳步，緊接著門被推開，原來是特地上山來拜訪海蒂的牧羊童彼得。他含含糊糊道聲：「晚安！」帶著滿面愉快笑容，逕自走到火爐旁，凝結在身上、髮梢的冰雪一遇高溫迅速融化，宛如一道道小水瀑般穿流而下，看得海蒂忍不住哈哈大笑起來。

爺爺問起彼得這一陣子他在學校上課的情況，海蒂聽得津津有味，也向他提出一大堆問題。可憐的彼得本來口才就很不好了，哪裡應付得來那小女孩像連珠砲似的一個接一個的問題？不過至少在思索應該如何回答的同時，倒提供給他不少烘乾衣服的餘暇。

老人望著兩個小孩一問一答，談得不亦樂乎，眼中閃爍著欣悅的光芒。

最後，他對那個男孩說：

「好了，將軍，現在你既然已經把身體烤暖，也該順便補充一點體力啦！過來和我們一塊兒吃頓晚餐吧！」

老人說著，馬上擺好一桌食物，對於彼得來說，這可是非常豐富的一餐。吃飽喝足以後，天色也漸漸昏暗下來，彼得知道該是自己告辭下山的時間了。

他先向主人道別、致謝，然後又扭頭告訴海蒂：

「可能的話，我下禮拜天會再上山來。順便轉告一聲，海蒂，我外婆要我對妳說——她好想見見妳。」

海蒂聽完，立即產生下山去見彼得外婆的念頭，隔天早上起床後的第一句話便是：「爺爺，我必須下山去看老奶奶。她在巴望著我去呢！」

四天之後，太陽終於露臉了，積雪也已經壓得又硬又實，每走一步都會踩出「吱嘎——吱嘎——」的聲音。海蒂坐在餐桌旁邊，再度提出這些天來每天都要重複幾遍的懇求，請求爺爺讓她下山拜訪老奶奶。這時他站起身來，取下她那厚重的亞麻布袋被子，吩咐她跟著他走。兩人來到屋外，只見冰雪地上銀光閃爍，積壓著厚厚白雪的老樅樹梢，也在陽光照耀之下反射出刺目的光芒。小小海蒂心花怒放，滿地奔跑，衝著剛剛才從工作間中拖著一具大雪橇出來的爺爺大叫：

「噢，爺爺，快過來看！看看那三棵樅樹！它們全身上下都披著金色、銀色的外衣。」老人用海蒂的亞麻布袋將她全身裹住，然後抱她坐上雪橇，緊緊地把她摟在懷中，再用雙腳操縱雪橇，快速衝下山。海蒂覺得自己宛如空中飛翔的小鳥，開心得高聲歡呼起來。不久雪橇停在彼得家的小屋門前，爺爺告訴海蒂：「進屋去吧。記得天色開始暗下來時，就該動身回家嘍！」說罷幫她把麻布袋子解下，然後轉身拖著雪橇往回走。

海蒂推開屋門，發現自己來到一間幽幽暗暗，小得僅容一人轉身的廚房。而再穿過一道門後，則又進入另一個空間狹小的隔間。這裡頭擺著一張桌子，桌旁坐著一名婦人，手中正拿著一件衣物在縫縫補補，海蒂立即辨認出那是彼得常穿的外衣。此時她又看見牆角邊坐著一位彎腰駝背的老太太，於是馬上走近她的跟前，對她說：「您好嗎，外婆？我現在來了，但願沒有讓您等太久！」

老太太抬起頭來，摸摸索索握到海蒂的手，一面沈思默想地輕撫著它，一面詢問：「妳就是那個和大叔住在一起的小女孩嗎？妳是不是叫做海蒂？」

「是的，」海蒂回答：「爺爺剛剛用他的雪橇把我送到這邊來。」

「怎麼可能？妳的雙手還這麼暖呼呼的，怎麼有可能？布莉姬姐，大叔眞的陪這孩子下山來了嗎？」

已經站起身來打量海蒂好一會兒的布莉姬妲——也就是彼得的母親——表示：「我不知道他有沒有送她下來，不過照理說是不可能。我看也許是這小女孩子弄錯嘍！」

海蒂仰起頭來，口氣堅決地強調：「我知道在我們一同滑下山時，他用我的被子把我整個人裹了起來。」

「畢竟還是彼得說的沒錯。」老奶奶聽完了她的話說：「這個孩子能夠和他同住超過三星期，早就讓大家都覺得不可思議了。布莉姬妲，告訴我她長得什麼樣子。」

「她遺傳到阿黛兒席德那骨架勻稱的身材，以及一雙烏溜溜的黑眼珠，至於滿頭捲髮則像陶拜和她的祖父。我看她長得同時像她父母雙方。」

海蒂趁著她發表個人意見之時，把這整個房間瀏覽了一遍，然後告訴老婦人：「外婆，您看那扇窗板掛在那邊搖搖晃晃，已經鬆掉了。要是爺爺人在這兒，一定會把它釘牢的。現在這樣窗板會被風給打破的！您看！」

「好孩子，」老奶奶溫和地告訴她說：「我聽得出來，但卻看不到啊，小寶貝。這間小屋成天吱吱嘎嘎、咿咿呀呀的。每次一起風時，颼颼的冷風都會從四面八方的裂縫鑽進來。總有一天，這整個小屋會瓦解成一片片碎片塌下來，把我們一家三口全部壓在屋頂下。要是彼得會修房子就好嘍！我們家又沒有別人能做這些事。」

「噢，外婆，您沒有辦法看到隔板嗎？」海蒂。

「孩子，我什麼都看不到啊！」老太太遺憾地表示。

「要是我推開隔板讓光線透進來呢？」

「不行，不行，就連那樣也不行。我這一輩子是再也見不到亮光啦！」

「可是如果您能走出戶外，在那四周都是亮晃晃一片的雪地裡面，一定可以看到東西的。來吧，外婆，我們一塊兒出去，相信您一定能看見東西！」海蒂牽著老婆婆的手，想要扶她一同走到外頭去。因爲聽到她什麼都看不到讓海蒂嚇一大跳，而且感到好焦急。

「別拉我了，孩子，就讓我留在這裡吧。對我來說，世上沒有一樣東西不是黑漆漆的，兩邊可憐的老眼珠子早就不管是雪、是光都看不見囉！」

「可是外婆，難道就算是在夏天傍晚，每當太陽落到山頂上，把所有山峰染成紅彤彤一片像是火在燒一樣，好向它們告別時，您的眼睛也照樣看不到半點兒光嗎？」

「看不到哇，孩子。我這一輩子都得要永永遠遠生活在黑暗裡，再也見不到任何一座紅得像火在燒的山峰啦！」

海蒂一聽忍不住傷心得痛哭出聲，抽抽噎噎地問道：「難道再也沒有人能讓您重新見到光明嗎？難道就連一個人都沒有？一個都沒有了嗎？」

外婆挖空心思努力安撫海蒂。那小女孩子一見人家遭受那麼嚴重的苦難，自己的心就痛得絞成一團。由於她平時不輕易流淚，所以一旦眞哭起來反而更一發不可收拾。

這時老婆婆告訴她說：「小海蒂，平常眼睛看不到的人，最愛聽人家閒話家常了。快坐到這邊，跟我談談妳的事，還有妳的爺爺近來好嗎？平常都做些什麼？因爲我已經好久好久沒有聽到有關他的任何消息了。我以前跟他很熟呢！」

海蒂急忙一把抹乾淚水，因爲她突然想到一個令人開心的主意。

「外婆，我要把這件事情說給爺爺聽，相信他一定有辦法讓您再看見東西的。而且他還能幫您修好小屋，讓它不再吱吱嘎嘎響。」

老婦人默默沒有答腔，於是海蒂開始興致勃勃、指手畫腳地描述起她和爺爺兩人在山上生活的情形。兩名婦人全神貫注地聽著，偶爾互相交換一句：「妳聽到她是怎麼說老大叔的嗎？妳有沒有聽清楚？」

一陣砰然關門巨響驀然打斷海蒂的話語，原來是彼得回到家來了。那男孩一見海蒂臉上立即漾開一抹笑容，兩隻眼睛瞪得圓滾滾。海蒂也對他大聲招呼：「晚安，彼得！」

「眞的已經到他回家的時候啦！」彼得的外婆驚呼：「噢，時間眞像飛的一般轉眼就溜掉；小彼得，晚安，今天課上得怎麼樣啊？」

「還不都一樣。」

「噢，親愛的，我還眞盼望這回你能給我個不一樣的答案哩。孩子，你都快十二歲了吶！」

「爲什麼要不一樣的答案？」海蒂非常好奇。

「唉，看來他恐怕是一輩子也學不會嘍！妳瞧那邊那座架子上擺著一本舊舊的祈禱書，書裡有好多好多美麗的詩歌哩！我一直渴望哪天彼得會爲我朗誦裡面的詩文，不過這一輩子我看恐怕是休想嘍！」

這時彼得的母親放下針線站起來，說：「天色漸漸暗了，我得點盞燈才行。」

海蒂聽到這些話後急忙一躍而起，揮揮手，對衆人道別：「再見，各位。因爲天色漸漸暗了，所以我必須走了。」可是外婆卻焦急地大喊：「等等，孩子，別一個人走啊！彼得，送她回家，小心別讓她跌跤或著涼，聽清楚了嗎？還有，海蒂有沒有帶圍巾？」

「沒有，不過我不會著涼的。」海蒂回頭高喊，因爲她早已衝出大門，速度快得讓彼得險些跟不上。老婦人心急如焚地大喊：「布莉姬妲，快拿條圍巾追上去給她，否則晚上外面天氣這麼冷，一定會把那小女孩子凍壞的。快啊！」布莉姬妲趕緊抓緊圍巾衝出去，卻正好及時趕上望見兩個孩子沒走多遠，阿姆大叔便精神抖擻地從遠處迎上前來，對那小女娃兒說：「海蒂，我很高興妳沒忘了我的吩咐。」然後將她放進麻布袋中，裹得密不透風的，再用雙手把她抱在胸前，轉身大踏步往山上走。於是布莉姬妲折回房內，把她親眼目睹的情形說給老奶奶聽。

「謝天謝地，謝天謝地！」老婆婆直唸著。「但願那小女孩子明天會再來；她帶給我好大的快慰啊！她的心腸是那麼好，人是那麼可愛，講出來的話又是那麼窩心。」

整個晚上，她都在自言自語。「唉，眞希望他還肯讓她再過來！感謝上帝，如今我在這世界上總算能有值得期待的事啦！」

海蒂等不及和爺爺回到小屋，半路上就好幾次想開口說話，只是透過那厚厚的麻布袋子，外面就什麼聲音也聽不到了。所以兩人剛回到家中，她馬上迫不及待地說出：「爺爺，我們明天一定要帶些鐵釘和一把鐵鎚下去，因爲外婆家有一塊遮板鬆了，而且有好多地方都搖來搖去。他們家裡不管什麼東西都會吱嘎吱嘎作響。」

「眞的嗎？是誰說我們得要那麼做的？」

「沒人告訴我，可是我知道。」海蒂回答：「那間屋子裡頭每樣東西都鬆了，可憐的老奶奶告訴我說她很擔心它會塌下來。還有，爺爺，她什麼都沒辦法看見，您能不能幫幫她的忙，讓她再看到光明？我想如果一個人整天都在黑暗中擔心害怕，而且身邊完全沒人能夠幫上她的忙，那種感覺一定好可怕！噢，求求您幫她的忙吧，爺爺！我知道您一定可以的。」海蒂始終緊抱著她的爺爺，帶著充滿信賴的眼神切切仰望他。

最後，那老人終於低下頭來，凝視著她說：

「好吧，好吧，我們就來想想辦法讓它不再吱嘎吱嘎響吧，孩子！咱們明天就去辦。」

海蒂聽得喜出望外，繞著整間屋內蹦蹦跳跳，手舞足蹈地歡呼：「我們明天就能辦到！明天就能辦到了。」

到了隔天早上，老人果眞遵守他的諾言，帶著工具和他的孫女一如昨天那樣乘坐雪橇往下滑。等到小女孩子進入屋內後，他便馬上繞著整間小屋外面檢查一遍。

外婆曉得海蒂又來拜訪，高興得放下手邊紡紗的工作，直喊著：「她又來啦！那個小女娃兒又來啦！」

海蒂緊緊握住她伸長的雙手，坐到她腳邊的矮板凳上陪她閒聊天。說著說著，屋內三人都猛然聽見外面響起乒乒乓乓的敲打聲，那劇烈、急驟的節奏把老婆婆嚇得差點在慌亂下打翻紡車，而且還尖叫：「噢，上帝，這回眞的完了，這座小屋要垮下來了！」

「外婆，別怕，」小女孩摟著她的肩膀安慰她：「是爺爺在替您釘牢那塊鬆掉的遮板，把所有地方全部修理好。」

「有可能嗎？上帝終究沒有忘記我們嗎？布莉姬姐，妳有沒有聽見？當眞是鐵鎚在敲東西的聲音哪。如果眞的是他，就邀他進來一會兒吧，因爲我必須當面謝謝他。」

布莉姬姐出了小屋，發現老人正忙著沿整面牆邊安上一根新橫樑，於是走上前來對他說：「家母和我向您問候午安，同時她也很想見見您。我們非常感激您幫我們這麼大的忙，這份人情是很少有人能夠做得到的，我們眞不知要怎麼感謝您才好？」

「夠了，夠了，」老人打斷她的話。「我很清楚你們平日對我的看法。進屋去吧，我自己能夠找到有哪些該修該補的地方。」

布莉姬姐默默照他的話做，因爲阿姆大叔的口氣、態度都絕不容人反駁。整個下午他都在拿著鐵鎚四處敲敲打打，甚至爬上屋頂，看見有很多該修的地方。最後他終於不得不先把工作告一段落，因爲這時天色漸漸昏暗，身邊所帶鐵釘全部用完，而且海蒂也已經準備好讓她爺爺抱在溫暖的懷中，一同上山回家去了。

整個冬季就這樣日復一日過去。溫暖的陽光已經重回盲眼老婆婆的生命裡，使她的日子不再那麼暗淡淒涼。每天早上，她總是一大清早就開始側耳聆聽，等待海蒂的腳步聲響起。而每次只要她一衝進屋內，老奶奶總會一次比一次更加開心地嚷著：「感謝上帝，她又來了！」

海蒂天天都會和她聊些生活中的點點滴滴，逗得那老婆婆時而抿嘴微笑，時而高興得嘻嘻哈哈，總覺得才不過眨眼工夫幾個小時就又溜走了。過去老婆婆每天總是隔不了多久便要咳聲歎氣地問上一遍：「布莉姬姐，一天還沒過完嗎？」現在卻是被每次只要海蒂一走就會嚷嚷說：「這一下午過得多快啊！妳說是不是，布莉姬妲。」她的女兒當然只有同意的份，因爲她自己的心也早就被那小女娃兒給擄走啦！

「但願上帝保佑那孩子永遠不和我們分離！」「但願大叔永遠永遠像現在這般好心。」——這是老奶奶經常掛在嘴邊的禱告。至於「布莉姬妲，海蒂今天氣色好不好？」則是她頻頻向她女兒詢問的問題，而得到的也總是：「很好！」「紅潤極了！」這類答案。

海蒂本身也漸漸深愛上這位住在半山坡上的老奶奶，只要天氣不錯，一定每天下探望她。無論何時何地，只要想到老奶奶的眼睛已經瞎了，她的心情就非常難過。只有想到每回自己來到小屋都會帶給奶奶莫大快樂，才會稍稍感到安慰些。爺爺下山時候，經常帶著一些大塊木板，用來補強小屋的結構，沒過多久就把它修得即使在狂風暴雨之中也能屹立不搖，而且不再鑽進冷風了。因此，老奶奶還信誓旦旦地鄭重表示她再也聽不到什麼吱吱嘎嘎的響聲，而且多虧阿姆大叔的好心，讓她重新享受到好幾年都不曾有過的安穩睡眠。

5 兩位訪客

一晃眼，海蒂在阿姆峰上度過的第二個冬天已快要結束了。春天腳步近了，陣陣山風夾帶淡淡芬芳，吹得三棵老樅樹梢沙沙作響，也吹得小女孩心花怒放。很快的，她又可以每天隨著羊群上高山牧場，沿路上，每走一步都會有一簇簇黃、藍花兒臨風搖曳、點頭對她打招呼。快要八歲的她已經學會管理羊群，每回她在前頭一跑，所有的山羊就會像群小狗似地跟在後面追。村子裡的教師好幾次託彼得捎口信上來，說那女孩實在應該上學了，可是老人始終不理不睬，照樣像從前一樣整天把她留在身旁。

這是一個風和日麗的三月早晨，山坡上的積雪差不多都已融化成水，快速流失掉。地面上只剩殘雪數點，看來春天是真的要到了。正當海蒂一個人樂呵呵地在門口跑來跑去時，猛然見到一位全身穿著黑色服裝的老紳士站在自己的身旁，而被他嚇了一大跳。老人見了急忙親切地安慰她：「別怕，海蒂，因為我很喜歡小孩呢，和我握握手吧；然後告訴我妳的爺爺在哪兒。」

「他在裡面做圓圓的木頭湯匙。」海蒂邊說邊開門。

那老先生是村子裡的牧師，好多年前就已經認識爺爺了。

進了小屋，他走近老人身邊招呼：「早安，老鄰居。」

老人驚訝得站起身來，回答他說：「早安，牧師先生。這兒有把木頭椅子，要是您不嫌棄的話就請坐吧。」

牧師坐了下來，同時表示來意：「好久不見了，鄰居。我今天來是有事要和你商量。至於是什麼事，想必在你心中大概早已有個譜了。」說著，扭頭望向站在門邊的海蒂。

「海蒂，快出去照料那兩隻羊，順便拿點鹽給牠們吃。」爺爺交代，「妳可以在那邊待到我過去再說。」

牧師見到小女孩子一溜煙跑得不見人影之後，才正式提起話題：「那個孩子早在一年以前就該入學了，難道老師沒有提醒你嗎？你對她到底有些什麼打算？」

「我不想送她去上學。」老人語氣強硬地表示。

「那你想要她做些什麼？」

「我要她像隻小鳥一樣快快樂樂、逍遙自在！」

「可是她畢竟是個人類，而且現在又正當是她學習力最強的年紀。我這回之所以上來就是要告訴你這些，也好讓你能夠好好地做個規畫。記住，等到明天冬天一到，你再不讓她去上學就不行了。」

「我絕不讓她去，牧師！」

「你當眞要不管人家怎麼勸都勸不聽，是嗎？」牧師微微動了肝火，指責：「你自己也曾經遊歷不少地方，很懂得些人情世故，怎麼現在就這樣不講道理！」

「你以爲我會願意讓這弱不禁風的小女娃兒，每天在這嚴寒的天氣中頂著狂風暴雪去上學，何況還必須得要走整整兩個小時的步程嗎？」老人激動地回答：「不！我絕不答應！因爲這風常呼呼地吹得那麼強勁，就算我本人敢大膽地到外面去走上一圈的話，也一定會被它嗆得不能呼吸！你可認識她的母親阿黛兒席德？她生前患有夢遊症，而且時常昏倒。所以不管是誰都休想強迫我送她進學校；就算得要鬧上法庭，我也樂意去當場辯論，說個清楚。」

「你說得很對，」牧師溫和地回應。「海蒂的確不能夠從這兒去上學。你何不再回村子去和大家共同生活呢？像你這樣離群索居、獨自住在山峰上的日子也過得眞怪；我眞懷疑冬天裡你能憑什麼方法讓那小孩子保持溫暖。」

「她體內流著熱呼呼的年輕血液，而且還有一條好被子。另外，我也非常清楚哪些地方有好柴可撿，要保持爐子裡的火日夜燃燒並不成問題。我不能夠住在村內，那是因爲我和那邊的居民彼此都瞧對方不順眼，所以最好我們還是住得離大家遠遠的。」

「你錯了！真的錯了！跟上帝握手言歡吧，別再和人或和祂過不去了。如此一來我保證你一定會過的非常快樂的。」說到這裡，牧師站了起來，朝著阿姆大叔伸長手，同時誠懇地表示：「期待明年冬天你會搬回山下來，老鄰居。願你重新加入教會，和人們重修舊好，屆時我們都將十二萬分歡迎你歸隊。」

可是，大叔在和他握手道別的同時，卻仍十分堅定地回絕：「感謝您的好意，不過您這番期望注定是要落空了。」

「願上帝保佑你。」牧師說著，不勝遺憾地告辭離去。

那一整天，大叔心情都很惡劣，在海蒂開口要求下山去看外婆的時候，他只是咆哮一聲：「今天不行！」就再也沒有任何下文了。

隔天他們才剛要吃完午餐，家裡又來了個不速之客，那人正是海蒂的阿姨娣塔。她頭上戴頂羽翎帽子，身上穿套拖著長長尾巴的大裙裝，走完小屋一圈，剛好把整間屋子的地板清潔溜溜地掃了一遍。大叔直盯著她，一句話都不吭；娣塔卻自顧自地開始讚美起他，以及海蒂紅潤的臉色來。她告訴他原本只想把海蒂托給他照顧一小陣子，等她盡快找到一處理想的地方就把她接走，因為她曉得那小女孩子一定會替他在生活上帶來不少困擾。經過她一年半來四處費心打聽的結果，目前全法蘭克福最大一座宅邸的主人正在替他女兒物色一名伴讀，這對海蒂來說可以說是千載難逢的良機。

那名富豪和娣塔的女主人間有親戚關係。根據她的女主人說，由於他那可憐的女兒從小雙足不良於行，所以每天只能夠坐在輪椅上活動。眼前他們想要找的是個個性溫柔可人，而頭腦又機智靈巧的孩子，一方面既可陪她遊玩，一方面又能夠一同讀書。

娣塔已經去過那戶豪宅，見過裡面的女主人，同時對她詳細提起有關海蒂的一切，對方聽了非常合意，要她馬上把那孩子接來。如今她上山來了，她說：「這對海蒂來說可以說是交上天大的好運呢。因爲只有天才曉得她去了以後還會碰上什麼好事，還有誰曉得——」

「妳說夠了沒有？」老人終於忍耐不住打斷她的話。

「喂，聽聽您的口氣，不知道的人還以爲我在告訴您全天下最愚蠢的事哪。全多福利村的人哪個聽到這個消息能不感謝上帝的厚愛？」

「那妳就只管對別人說去，別來跟我提。」老人冷冷地回答說。

娣塔氣得面紅耳赤，老實不客氣地回答：「你想聽聽我的想法嗎？難道我不知道她現在年紀多大？都八歲了，竟然還什麼事都不懂。村人告訴我說你拒絕送她進學校讀書，也不肯讓她上教堂。告訴你，我絕不容忍！因爲她是我姊姊的孩子，她的事我有責任！要不是你一點兒也不關心她，哪能聽到這天大的好消息還完全無動於衷？我看最好你還是乖乖讓步，否則大夥兒可都是站在我這一邊的。換做我是你的話，就不會把這件事鬧到法庭；當眞要是走到那一步，哼哼，你可得小心有很多你聽都不願聽到的往事，都會再被重新炒熱起來啊！」

「住嘴！」大叔氣得如雷大吼，兩隻眼睛都快噴出火來：「妳想帶著她走，把她毀了，那就趕緊帶走吧。不過我話先說在前頭，妳這一輩子都千萬別再帶著她出現在我面前。我可不想見到她像妳一樣戴著翎毛帽子，滿口惡形惡狀。」說著，大踏步逕自離開了。

「妳惹他生氣了！」海蒂一臉氣唬唬的表情。

「他氣不了多久的。倒是妳，趕快跟我走吧。妳的東西呢？」娣塔問。

「我不走。」

「什麼？」娣塔咬牙瞪眼、都快罵人了，不過轉眼卻又放軟語調，改用較爲和氣的態度，一面打包海蒂衣物，一面對她說：「走吧，妳眞不懂我的用心。我是要帶妳到一個很漂亮、很漂亮的地方。妳這一輩子都還沒見過像那麼漂亮的地方呢！」收拾完後，又高喊一聲：「走吧，孩子，把妳的帽子戴好。雖然並不怎麼好看，不過我們也無能爲力了。」

「我才不走。」小女孩倔強地說。

「別像隻山羊似的，既愚笨又固執。妳聽我說：是爺爺要我們離開的。我們必須乖乖聽他的吩咐，否則他會更生氣。妳到法蘭克福之後，自然會曉得那邊有多棒。反正等妳去了以後不喜歡的話還是可以再回來，到那時候爺爺就不會責怪我們了。」

「我晚上就可以再回家了嗎？」海蒂問。

「走吧！我都已經告訴妳說可以回來了。要是我們能在今天趕到美茵菲，明天就能搭上火車去法蘭克福。這樣的話，妳才有可能再在最短的時間之內飛奔回家來。」娣塔說著拎起包袱，牽著小女孩下山，卻在途中碰見今天蹺課沒去上學的彼得。

那個男孩認為讀書、識字全沒有半點用處，不如出去揀些榛木枝回來當作牧羊的指揮杖還來得實際些，因為至少那是他每天趕羊都得用到的東西。今天半天，他早已經大有斬獲，肩上扛著好大一捆樹枝。既然遇上海蒂、娣塔，他便探問一聲她倆要去哪裡。

「我要隨娣塔阿姨一同到法蘭克福去，」海蒂回答：「不過首先我必須先去看外婆，因為她正在家裡等我呢！」

「噢，不，不行，這麼晚了，妳要看她可以等回來後再去看，但是現在可不行。」娣塔說完，硬是拖著海蒂往前走，因為她很擔心那個老婆婆勸阻孩子離開。

彼得撞進屋內，將那整捆木條往桌上狠狠一摔，把他外婆嚇得跳起來，急急詢問究竟怎麼一回事。

「他們帶走海蒂了。」男孩歎著氣說。

「誰？彼得，是誰帶走她？要帶去哪裡？」老奶奶憂心忡忡地詰問。不久之前布莉姬妲才剛看見娣塔沿著小徑往山上走，這會兒母女兩個很快就猜出到底出了什麼事情啦！老婆婆顫抖雙手推開窗戶，扯開她最大的嗓門大喊：「娣塔，娣塔，別帶她走，別教那孩子離開我們。」

海蒂一聽見她的聲音便急忙掙扎，想要抽出被她阿姨緊緊挾住的手，「是外婆；她在叫我，我一定要去見她。」

可是娣塔不肯鬆手，只顧一個勁兒地鼓吹她說要想快快回來就得盡早下山，另外還建議她不妨等要回來時順便帶樣可愛的禮物送給老奶奶。

海蒂想像外婆見了禮物的高興樣子，覺得很歡喜，於是不再反抗，乖乖走了幾步，又問阿姨說：「那我該帶什麼給外婆好呢？」

「海蒂，妳可以送她一些柔柔軟軟的白圓麵包。可憐的老奶奶年紀這麼大了，平常老咬那種硬梆梆的黑麵包一定很辛苦吧。」

「嗯，沒錯，阿姨，她平常總把麵包塞給彼得吃。」海蒂肯定她的答案。「現在我們得趕緊走快一點；要是今天能到法蘭克福的話，明天我就能帶著小圓麵包回來啦！」說著拔腿飛奔，娣塔急忙大步追上去。

坦白說她很慶幸，如此一來，自己便可以不用去爲了應付村民們提出的一大堆問題傷腦筋。

反正現在大家都看得出是海蒂在拖著自己飛奔，所以無論何時只要聽見街道兩旁有人出聲打聽：「妳要帶她走嗎？」「她是不是從阿姆大叔那兒逃出來的？」或者「這孩子能夠活到現在，實在是個奇蹟啊！」「瞧她那張小臉跑得像朵玫瑰一樣紅。」等等諸如此類的話，她都只須回答一句：「我們不能停下來了。各位難道看不出這孩子非常著急嗎？我們還得要趕好長的路呢！」

於是，很快的，她們兩人便逃離鄉親們七嘴八舌的探問，把那座山腰中的小村莊遠遠拋在背後了。

自從那天起，老大叔每回來到村莊時的臉色就顯得越凶、越陰沈。村民們沒有一個不怕見到他，家庭主婦們更是紛紛警告自己的孩子千萬躲他躲得遠遠的，可別讓他瞧見。

其實他平時難得下山，即使下來也只是爲了賣掉自製的乾乳酪，買些生活必需品。對於海蒂能夠順利從他那兒逃走一事，絕大多數的人都認爲那是她天大的好運。由於他們曾親眼看見她急急忙忙衝下山去的樣子，所以全都以爲那個孩子眞的是一心想要逃離開她的爺爺家呢！

只有老奶奶一人始終忠誠地站在老大叔這邊，每次只要有人上山看她，她就一定會告訴對方阿姆大叔有多麼呵護小海蒂，還告訴大家她們那間小屋全是靠他修好的。這些好話自然也會經由訪客帶回村子裡，可惜人們最多也只肯半信半疑，因爲外婆畢竟已經年老體衰，所講的話未必靠得住。

海蒂走後，外婆又開始恢復每天長吁短歎的習慣，日復一日，每天感慨：「所有幸福、快樂全都隨著那小女孩一起離開我們了，日子變得好長好長，好單調乏味，半點樂趣也沒有。唉！多希望在我有生之年還能聽到海蒂的聲音！」

6 新生活，新事物

在德國法蘭克福的一座漂亮大房子裡，住著一位叫克萊拉·謝思曼的女孩。她的臉頰瘦瘦尖尖，臉色非常蒼白，因爲長年疾病、身體虛弱，所以整天都坐在一張舒適的輪椅上，好方便人家推著她四處去活動。白天她絕大部分時間都待在沿著牆邊、釘滿長排書架的書房裡。除了上課以外，這個房間也被充當作起居室使用。

那天傍晚，克萊拉一雙柔和的藍眼睛直盯著掛在牆上的鐘看，最後終於忍不住不耐煩地詢問：「噢，羅丹梅小姐，時間還沒有到嗎？」

克萊拉口中的羅丹梅小姐，就是自從謝思曼夫人過世以後便一直住在宅中，負責照料她生活起居、掌管家中一切事務的女管家。

那是因爲克萊拉的父親時常爲了事業忙碌而無法留在家裡，所以才會將整座屋子的管理大權全部交到她手上。而唯一的條件是——絕對必須尊重克萊拉的意願。

正當那女孩坐在起居室中焦急地等待的同時，娣塔牽著海蒂的手抵達了謝思曼宅的大門前，並向載她們來到這兒的馬車夫請教她是不是能上樓。

「這不關我的事，」馬車夫嘀嘀咕咕地回答：「妳必須按鈴找大管家問去。」

娣塔依照他的指示去做，不一會兒，大管家薩巴斯汀便穿著一襲外套上有排大銅鈕釦的服裝出現在她們面前。

「我可以見羅丹梅小姐嗎？」海蒂問。

「這不關我的事。」大管家宣稱。「去按鈴找女傭提娜負責。」然後便迅速離去。

鈴聲再響，一名少女頭戴一頂白得發亮的無邊帽走下樓梯，停在半途傲慢地詢問：「什麼事？」

娣塔再度表明要見羅丹梅小姐的意思，於是提娜要她先在樓下等著，讓她上去請示一聲。不過很快的，她就又出來把她倆帶到樓上的書房去。這時娣塔抓著海蒂的手站在門邊，沒敢貿然往內闖。

頭上盤著高髻，身上穿著管家專用制服，外帶披著一條長圍巾的羅丹梅小姐緩緩站起身來，走到兩人的面前，對於頭戴土裡土氣圓帽，肩上圍著厚厚大圍巾，正滿臉天眞無邪，仰頭好奇地盯著自己髮型看的海蒂顯得非常不滿意。

「妳叫什麼名字？」女管家問。

「海蒂。」小女孩回答。

「什麼？這是正式教名嗎？妳受洗時取的名字呢？」女管家進一步詢問。

「我不記得。」

「這算哪門子回答啊！娣塔小姐？」女管家猛搖頭：「她究竟是無知？還是沒禮貌？」

「對不起，女士，請容我替這孩子辯解一聲。」娣塔先輕輕打了海蒂一下，懲罰她魯莽的回答。「因爲她從來沒進過這麼高雅的人家，所以才會不懂得規矩，但願您能原諒她這一次。她沿用了她的母親——也就是家姊——的教名，取名阿黛兒席德。」

「唔，這還像樣一些。不過，娣塔小姐，這孩子的年齡似乎不太對。我記得曾經告訴過妳，克萊拉小姐的伴從必須是個像她一樣十二歲大的女孩，才能夠和她共同上課、共同研究。阿黛兒席德今年多大了？」

「很抱歉，大概是我記錯了。她好像才十歲左右。」

「爺爺說我今年八歲。」海蒂突然插嘴，急得娣塔當場又打她一下，可是她卻完全不曉得自己做錯了什麼，所以一點也不覺得尷尬。

「什麼，才八歲！」羅丹梅氣急敗壞地叫嚷起來。「那我們留她下來有什麼用呢？妳都學過些什麼？老師教妳唸過哪些書呢？」

「都沒有。」海蒂回答。

「那妳是怎麼學會唸書的？」

「我不會唸書。彼得也不會。」

「天哪！妳不會唸書？」管家大吃一驚，尖聲叫起來：「怎麼可能？那……妳另外還學習過什麼？」

「什麼也沒有。」海蒂坦白回答。

「沒有！」羅丹梅小姐先深深吸一口氣，略微鎮定下來之後才質問說：「娣塔小姐，妳怎麼可以帶這樣一個什麼都不會的小孩過來？」

娣塔絲毫不覺心虛，反而振振有辭地狡辯：「我很抱歉。不正因爲她年紀小，所以才不容易像一般大孩子一樣過分縱容克萊拉小姐，或是討厭她，因爲我認爲她是最符合你們需要的小孩。現在我必須走了，因爲我家夫人正在等著我呢！改天我會盡快抽空過來一趟，看看她的表現如何。」說著她便彎腰行了個禮，衝出房外，一溜煙地跑下樓去。

羅丹梅小姐趕緊追下樓去，想要喚她回來，問她一連串還未解決的問題。

留在書房中的海蒂並沒有跟著娣塔阿姨跑掉，而是靜靜站在原地，於是剛剛欣賞完那場好戲的克萊拉小姐把她叫上前來，問她：「妳希望人家叫妳海蒂或阿黛兒席德？」

「我只有一個名字，就是海蒂。」

「那麼我就叫妳海蒂吧，因爲我從沒聽過這個名字，感覺很有趣呢！」克萊拉說：「妳的頭髮好捲啊！一直都是這樣子的嗎？」

「嗯，一直都是。」

「妳喜歡到法蘭克福來嗎？」

「噢，不！不過，我明天就要回家去了，而且，還可以帶些柔軟的小白麵包給奶奶。」海蒂回答。

「多古怪的孩子啊！」克萊拉說：「妳難道不曉得自己是來法蘭克福陪我，要住在我家的嗎？我們將要一起上課，等妳學會讀書以後，一定會很有意思的。像現在，我常常都會覺得每天早上過得好慢好慢，好像永遠也不會結束似的。因爲我的老師康迪德先生總是十點就來，上課上到兩點才走，疲倦得常得利用課本擋著自己的臉，偷偷打呵欠。羅丹梅小姐也一樣，老愛用書遮著嘴巴打呵欠，可是萬一我打呵欠她卻又會說我生病了，要我吃鱈魚肝油。所以我必須拼命忍耐，努力把我的呵欠硬吞回去，因爲魚肝油的味道眞的好可怕。現在有妳一起讀書，日子一定會變得有趣多囉！」

海蒂聽了，無法置信地直搖頭。

「海蒂，讀書識字是每個人必須學會的。康迪德先生很有耐心，會把想要教給妳的知識詳詳細細解釋給妳聽。雖然一開始時因為他的話太難懂，所以妳可能不明白他的意思，不過要不了多久，等妳熟悉以後，就一定會明白他到底在教些什麼了。」

羅丹梅小姐發現不管自己再怎麼叫，娣塔也都不會回來以後，又回過頭來找海蒂。她的情緒非常激動，因為她認為那個孩子會來到家中，自己得負起責任，而卻又真的不曉得該如何天衣無縫地把這塊燙手山芋丟回去。不一會兒，她先起身跑到餐廳去找大管家的碴，然後又在關門時故意弄得乒乒乓乓，來宣洩積在心中的憤怒。薩巴斯汀走到克萊拉的輪椅旁邊，發現海蒂正目不轉睛地望著自己，最後她終於開口說道：「您長得好像彼得喔！」

羅丹梅小姐聽到這話臉色頓時一變，馬上下令大家全移往餐廳。在薩巴斯汀把克萊拉抱到大餐桌旁的坐位上以後，羅丹梅小姐便坐到她的旁邊，同時指著自己對面坐位要海蒂坐下。這時海蒂看見自己的餐盤中有個小圓麵包，於是手指著它，扭頭詢問薩巴斯汀：「我可以要這麵包嗎？」那是因為自從她見到了他，發現他和彼得長得有點像後，便對產生強烈信賴感。瞧見對方點點頭，她馬上把那小圓麵包塞進自己口袋，惹得他幾乎忍不住要大笑了起來。這時他又端著一碟烤小魚走到她的身邊。海蒂文風不動端坐好一會兒，這才又轉動著眼珠子，瞅著他問：「我必須吃那東西嗎？」對方雖然點頭，卻沒做出其他任何反應，於是很快地她又盯著自己餐盤，一派理所當然地問他：「那你爲什麼不把它裝到我的盤子上呢？」

羅丹梅小姐望著再也無法保持莊重表情的大管家，吩咐他先將碟子擱在餐桌後退下，然後再開始一面借助各種手勢輔助、強調，一面爲海蒂講解種種餐桌上的禮儀，同時告訴她說除非有重要事情，否則絕不能跟薩巴斯汀說話。緊接著，她又指導那小女孩面對僕人和家庭教師的時候應當如何打招呼，最後話鋒轉向對待克萊拉的問題上，那體弱多病的少女立即插嘴：「妳當然應該叫我克萊拉。」

接著下來，女管家開始針對生活中的每項細節提醒她注意各式各樣的規矩；比方關門規矩、就寢規矩、一天二十四小時之內做任何事情時必須遵守的規矩，可憐的海蒂當天一大清早五點就起床，現在怎能不聽得眼皮沈重、不知不覺靠著椅背恍惚睡著了。

好不容易進行完所有指示的羅丹梅小姐，最後做了結語：「希望妳能記住我所說的每一句話，阿黛兒席德。明白我的意思嗎？」

「海蒂早就睡著啦！」克萊拉莞爾地表示。

「天哪！我眞倒楣，竟得忍受這樣一個小孩子。」羅丹梅小姐大叫著，狠狠地拉了下叫人鈴。兩名僕人立即進來報到，卻怎麼也無法再叫醒海蒂了，只好讓僕人抱著海蒂到自己爲她準備好的臥房去了。

7 羅丹梅小姐倒大楣的一天

隔天早晨，海蒂醒來睜眼一看，完全不認得自己身在何方。她發現自己置身於一個非常寬敞的房間中，躺在高高的白色床上。

再扭頭環顧四周一圈，瞧見了各扇窗口都掛著長長的白色帘子，除此之外，房內還有幾把椅子，一張蓋著白色印花棉布椅套的沙發，角落裡更有一座擺滿許多新鮮有趣物品的臉盆架。

剎那間，昨天經歷過的一切情景都重新湧上腦海。海蒂急忙跳下床去，飛快換好服裝，迫不及待想要像在家時那樣仰望天空，俯視遼闊的大地，不料卻沮喪萬分地發現窗戶位置實在開得太高，所以除了對面幾戶人家的窗戶、牆壁外，自己什麼都望不見。

她一扇一扇試著打開那些窗子，可惜全都推不動。可憐的她這才發現自己就像一隻被關在華麗籠中的小鳥，空有漂漂亮亮的房間，但卻沒有辦法展翅飛翔，最後只好頹喪地坐到一把矮凳上，呆呆懷想那漫山遍野冰雪初融的美景，以及高崗上面一簇一簇迎春綻放、誘惑得她心神迷醉、陣陣歡呼的早開花卉。

這時提娜突然推門而入，草率地丟下一聲：「早餐準備好了。」馬上又轉身離去了。

海蒂眼見她那副緊繃著臉，像在責備自己、警告自己不許做什麼事情似的表情，根本不曉得她是在喚她出去用餐，還以爲是要禁止她隨便亂闖，所以便耐心坐在房中，靜靜等待下文。

不一會兒，羅丹梅小姐忽然像陣風似地撲進房間，問她：「阿黛兒席德，妳是怎麼回事？難道還不曉得嗎？趕快出來吃早餐！」

海蒂這才站起來隨她走進餐廳，看見克萊拉已經坐在桌旁，正衝著自己微笑致意。今早的她看起來要比平日都開心多了，那是因爲她正滿心期待迎接底下一天即將可能發生的新鮮事。

兩名女孩在默默不受任何干擾的情況下吃完早餐，隨後管家便允許她倆一同到書房裡面，而且不一會兒就留下兩人獨處。

「我要怎樣才能看到外面的土地？」海蒂提出問題。

「打開任何一扇窗子往外張望就行啦！」克萊拉感覺她問得挺有意思。

「可是那些窗子根本推不開。」海蒂悶悶不樂地說。

「噢，妳推不開，我也沒辦法幫妳。不過，如果妳要薩巴斯汀替妳開窗子的話，他一定會照做的。」

海蒂總算鬆了口氣，因爲這可憐的孩子覺得待在不能自由瞭望天地的房間中，簡直就像被關在監牢裡一樣。

緊接著，克萊拉又向海蒂問起她的家鄉是怎樣一處地方，於是她便興興頭頭、一五一十地對那少女描述起自己的山居生活來。

就在兩名女孩開心暢談的當兒，家庭教師康迪德先生也已經準時來到府邸，只是這回羅丹梅小姐卻一反常態地沒有催他馬上進書房，反而把他留在客廳，對他詳細訴說眼前棘手的狀況，寄望他能替她想個辦法趕緊把海蒂送走。那是因爲這小女孩的到來帶來一大堆複雜問題，而整件事情的過程又是經由她一手包辦、安排，所以搞成現在這種情形她得負起責任來，這也就難怪她情緒會一直從昨晚激動、不安到現在了。

然而，康迪德先生卻不是那種隨隨便便就對任何事情判斷的人，再說即使面對一個完全都還沒有唸過書，甚至不認識任何字母的小孩，他也有自信能夠把她教得好，而管家在明瞭他並不打算支持她的構想以後，便轉而要求他獨自進書房裡去教課。因爲對她來說，坐在一旁聽人反覆學習A、B、C，實在是件再恐怖也不過的事了。

正當她腦海中還在盤算該如何解決這個、那個，諸多數不清的問題時，隔壁房間卻猝然響起一陣物品墜地的聲音，隨即就像到薩巴斯汀在大聲呼叫求助。管家趕緊跑進書房一看，只見整疊書本、筆記全部掉在地板上，而桌巾則掉落在所有的東西最上方。一道烏黑的墨汁從房間這頭流到另一頭，可是小小海蒂卻失去了蹤影。

「噢，天哪！」羅丹梅小姐擰著手尖叫：「所有東西全都沾上墨汁啦，這可是破天荒第一遭的倒楣事。那個孩子眞是一顆掃把星。」

康迪德先生站在一旁呆呆望著那遍地狼藉，而相反的克萊拉卻覺得這種意外狀況十分有趣，還說：「海蒂不是故意要弄成這樣，只是急著想衝到窗口才不小心扯到桌巾，把整個桌上東西一起拖下來，所以你們絕對不能處罰她。我看她一定是從小不曾見過馬車，所以才會一聽見大型馬車走過外面街道的聲音，就發了狂似地直往外衝。」

「您聽，我說的沒有錯吧，康迪德先生？那個小女孩根本什麼規矩也不懂！她甚至不曉得上課時候應該安安靜靜坐著不動。不過話說回來她又跑哪兒去了？萬一讓她逃走的話，眞不知道謝思曼先生會怎麼說？」

羅丹梅小姐抱怨完後便下樓去找那小女孩，發現她正敞開大門，站在那兒望向街道，於是便數落她說：

「妳在這裡做什麼？怎麼可以冒冒失失就這樣跑掉？」

「我剛剛明明聽見樅樹在窸窸窣窣迎風搖動，可是跑到這兒卻沒看到它們，就連聲音也沒有了。」海蒂茫然不解地盯著底下的街道，困惑地回答。其實令她回想起阿爾卑斯山上南風拂動的聲音，是方才馬車通過時候的轆轆車聲。

「樅樹？荒唐！簡直荒唐透頂！我們又不是住在樹林中。算了，現在快隨我進去看看妳剛才的傑作。」

匆忙之中，根本沒注意到自己捲落一桌子東西的海蒂，現在面對那滿地七零八落的景象，簡直驚訝得目瞪口呆。這時管家嚴厲地告誡她說：

「這種事情以後絕不容再發生第二遍。妳必須安安分分坐著上課，如果再站起來的話，我就把妳綁在椅子上。聽清楚了嗎？」

海蒂不但聽清楚了，並且答應以後不管何時，上課時間一定會安安靜靜坐好。等到傭人們把整間書房打掃乾淨，收拾回原來整潔模樣以後，時間已經不早，也沒有辦法再繼續上課了。

那個上午，誰都沒有打呵欠的閒工夫。

下午克萊拉休息的時間內，海蒂就只剩下自己一個，既沒人陪，也沒有人管了。

於是她索性守在走道，等待薩巴斯汀送銀器上樓，見他走到樓梯頂端，立即告訴他說：「我想請您做件事情。」說完以後看見他滿臉怒容，於是再三擔保要他安心，絕對不是什麼壞事。

「好吧，小姐，那妳就說說是什麼事？」

「我的名字不叫小姐，叫我海蒂不好嗎？」

「羅丹梅小姐吩咐一定要稱妳爲小姐。」

「哦，眞的？那就一定非叫不可了。現在我總共加起來就變成擁有三個名字了。」

「妳要我做什麼呢？」薩巴斯汀問。

「能不能隨便幫我打開一扇窗子？」

「當然可以！」

薩巴斯汀打開窗戶之後，發現那個高度對於海蒂而言還是太高了，於是他又再替她搬來了一張小板凳墊腳，沒想到等小女孩站上去之後，卻只是對外面草草地望了一眼，便大失所望地把臉別開了。

「我只看到一條石子街道，其他什麼都沒有。從對面的房子看出去也是一樣的嗎？」

「嗯，也是一樣。」

「那要到什麼地方才能望見很遠很遠地方的景物呢？」

「到教堂的塔樓上。妳有沒有看見那邊那棟有著金色圓頂的東西？爬到那個上面，妳就可以俯瞰所有想要看見的東西了。」

海蒂聽完立刻跳下板凳，一溜煙地衝下樓梯，推開大門，跑到街道上，可是卻再也望不見那個圓塔了，只好漫無目的地從一條街道走到另一條街道，但又不敢隨便擱下任何一位行色匆忙的人來問路。在行經一個街角的時候，她偶然看見一個背上揹著手風琴，手臂上攀著一隻稀奇古怪動物的男孩，立刻拔腿跑到他的面前，問他：「那座有個金色圓塔的塔樓在哪裡？」

「不知道。」男孩回答。

「那麼有誰能夠告訴我？」

「不知道。」

「你能不能跟我說哪邊還有間有塔樓的教堂？」

「當然可以。」

「那就快帶我去吧！」

「我帶妳去的話，妳會給我什麼？」男孩伸長了手來討賞。海蒂口袋裡除了一張小小的花卉圖片之外，什麼都沒有，而且那張圖片還是早上克萊拉送給她的，所以她才捨不得把它轉送給別人呢。只是她實在太渴望、太渴望能夠站在一座塔頂上去瞭望遠方的山谷，所以還是依依不捨地把它給掏了出來。見到男孩看了那張圖片後猛搖頭，海蒂反而暗暗感到欣慰哩！

「不然你要什麼？」

「錢。」

「我沒有錢，不過克萊拉倒是有一些。我必須給你多少才夠呢？」

「二十便士。」

「好吧，那我們快走。」

從小到大不曾見過手風琴這種樂器的海蒂，在隨小男孩去找教堂途中，也順便弄清楚了它是一種怎樣的東西。走著走著，兩個小孩來到一座有塔樓的老教堂前。海蒂呆呆望著緊閉的大門，一時間不知道該怎麼辦才好。後來她看見門牆邊有個拉鈴，於是使勁地拼命拉它。

男孩答應只要海蒂肯付雙倍價，那他就會在門外等她出來，再送她回到家附近。

這時門內響起「卡啦！」一聲的門鎖轉動聲，一名老人開了大門，生氣地責備道：「可惡的丫頭！妳竟然敢隨隨便便拉鈴叫我，難道妳不知道只有想上塔頂看看的人才能這麼做嗎？」

「我知道啊！」海蒂說。

「那妳想看什麼東西？是有人派妳來的嗎？」老人問。

「沒有，可是我想站在塔頂眺望遠方。」

「快回家去，別再跑來搗亂了。」守塔員說著準備將門大力關上，可是海蒂卻扯著他的大衣衣角，苦苦哀求他放她進去。老人看見她那淚眼欲滴的楚楚可憐模樣，不知不覺動了惻隱心腸，於是牽著她的小手告訴她：

「好吧，既然妳那麼想要上塔頂去看一看，我就帶妳上去！」然後領著她爬上無數格越來越短的階梯來到塔頂，把她高高地抱近窗口。

海蒂放眼一看，只見底下全是一望無際的煙囪、屋頂和尖塔，不禁感到萬分沮喪，失望地說：「噢，怎麼會呢？和我想像的完全不一樣。」

「喂！妳這小小女娃，哪懂什麼叫做好景觀？現在我們必須下樓，同時妳得保證以後絕不會再拉我的門鈴了。」

就在下塔途中，兩人經過一間閣樓，閣樓之中擺著一個裝著一窩初生小貓的籃子，而小貓的母親便蹲坐在一旁守衛著牠們。由於老塔樓中鼠多為患，所以那隻灰色母貓每天都會抓個六、七隻耗子解解饞。

這時，老人特地打開籃子，海蒂一見，兩個眼睛都興奮得發亮了。

「好可愛的貓咪啊！好靈巧的小傢伙！」她盯著籃中那些到處又爬又跳、又跌滾翻的小動物們，開心得大叫。

「妳想不想抱隻回去養？」老人問。

「我嗎？養貓？」海蒂幾乎不敢相信自己的耳朵。

「當然！就是妳。如果妳有地方的話，也可以多養幾隻。」老人很有心地要替小貓咪們找個好家庭。

哇！海蒂簡直樂翻天了！那座大宅裡面當然不愁沒有足夠地方，再說要是克萊拉見到這些聰明活潑的小東西，一定也會好開心的呀！

海蒂想到這裡立刻動手去抓，卻連一隻也沒法兒抓住。「我要怎樣把牠們帶回去呢？」

「只要妳肯交代清楚住的地方，我就替妳把牠們送去。」老人輕輕撫摸和他共同生活好幾年的老貓，儼然以朋友的口吻告訴海蒂。

「送到謝思曼府來吧，那兒門口有隻金狗，狗的嘴巴啣著一個金環。」

老人住在塔頂不知多少年了，無論是哪戶人家、哪個人他全都認得；大管家薩巴斯汀和他就是交情非常深厚的老友。

「我明白了，」他說：「不過送去以後該交給誰呢？妳是謝思曼先生的家眷嗎？」

「不是。拜託，請把牠們送給克萊拉；我相信她一定會非常喜歡的。」

海蒂好捨不得離開那些漂亮迷人的小東西，所以老人乾脆先在她兩邊口袋各放進一隻貓咪，然後再把她送到門口，和她揮揮手道別。出了大門，男孩正耐心守在那裡等著她，於是她問他說：「你知道謝思曼府在哪裡嗎？」

「不知道。」

海蒂只好盡可能地仔細形容它的外觀，直到那男孩想起那究竟是哪一戶住宅，親自帶她走回大屋門外，讓海蒂動手拉鈴叫人。

出來應門的人是大管家薩巴斯汀，一見到她便直催促著說：「快進來！」然後等她一進門裡便把門關上，因爲他根本沒留意到外面還站著一個小男孩。

「小小姐，快上樓去，」他趕著她說：「大家都在餐廳裡等妳。羅丹梅小姐氣得簡直像快爆炸了。妳說，妳怎麼能夠像這樣不講一聲就跑掉？」

海蒂安安靜靜地坐在她的椅子上，滿餐廳內都沒有人開腔，空氣中瀰漫著一股令人侷促不安的沈默。終於，羅丹梅小姐口氣嚴厲而又鄭重地開口：「阿黛兒席德，等一下我有話要跟妳說。妳怎麼能夠這樣連聲交代也沒有地就離開這棟房子，也不知到哪兒去玩到這麼晚呢？」

「喵！」回應她的是一聲貓叫。

「我不——」海蒂剛一開口，又緊接著聽到一聲——「喵！」

薩巴斯汀幾乎是把整盤菜往餐桌上一扔，便趕緊逃離開現場了。

「夠了！」羅丹梅小姐想要說話，可是卻震怒得聲音都啞了，「快站起來離開餐廳。」

海蒂站起身來，又準備辯白：「我本來——」「喵!喵!喵!」

「海蒂，」這回是克萊拉開口說話了：「妳爲什麼老是『喵，喵』地學貓叫個不停呢?妳難道看不出羅丹梅小姐很生氣嗎？」

「那不是我叫的，是小貓。」海蒂解釋。

「什麼？貓？小貓咪？」羅丹梅小姐尖叫。

「薩巴斯汀、提娜，快把那些可怕的東西弄走！」

說完便衝進書房，鎖緊房門，因爲全天底下她最怕的就莫過於小貓咪了。

薩巴斯汀老早在海蒂進屋時就隱約瞥見小貓腦袋，預料到馬上會出現這刺激場面，先躲在外面大笑過一場，再走進餐廳來。

此時這裡的畫面已經變得十分平靜：克萊拉腿上正趴著兩隻小貓，而海蒂則蹲在她的身旁，和她一起開開心心逗小貓玩。於是薩巴斯汀答應她倆一定好好照料這兩隻新來的嬌客，並拿個籃子鋪好了布，做爲牠們溫暖舒適的家。

經過好久好久以後，已經該是就寢時間，女管家才小心翼翼打開一道門縫，詢問：「牠們都離開了嗎？」大管家則急忙抓緊兩隻小貓，回聲：「嗯。」就帶著牠們走掉了。

羅丹梅小姐經過這番驚嚇之後感到四肢無力，渾身提不起半點勁兒來，於是把準備好對海蒂做的長篇大論的訓話延到了第二天。

這一晚，大家全都屏氣噤聲地上床。

而兩個小孩只要想到小貓咪們有個舒服的窩可睡覺，便高興得連做夢也會笑。

8 謝思曼府邸鮮事連連

隔天早上，家庭教師剛到不久，謝思曼府邸的門鈴就被拉得「鈴——鈴——」響，害得薩巴斯汀還誤以爲準是主人回來了。他打開大門一看，卻驚訝地發覺站在門口的是個背上揹著一架手風琴，渾身上下骯髒兮兮的街童。

「你做什麼那樣猛拉鈴？」大管家問。

「我想要見克萊拉。」

「難道你不能至少稱呼一聲『克萊拉小姐』嗎？邋裡邋遢的野男孩！」薩巴斯汀口氣很不和善地說。

「她欠我四十便士。」

「你瘋啦！你是怎麼曉得克萊拉小姐住在這裡的？」

「我昨天幫她帶路，她答應要給我四十便士。」

「胡說！克萊拉小姐從不出門。你最好趁我趕你以前，趕快主動離開！」

然而，男孩卻依然理直氣壯，振振有詞地表示：「我見到她了。她是個滿頭捲髮，兩隻靈活的黑眼睛，講話很好玩的一個小女孩。」

「哦——」薩巴斯汀莞爾微笑，暗暗思忖：「原來是小小姐啊！」然後一把將那男孩拖進屋裡，告訴他說：「好吧，你可以隨我進來，先在門口等著。待一會兒我叫你後，你再進來爲克萊拉小姐演奏一曲。」

薩巴斯汀敲敲書房門，走進房內，通報一聲：「有個男孩要見克萊拉小姐。」

克萊拉聽了十分開心地問：「康迪德先生，讓他進來好不好？」

不過，她話沒說完，男孩早就進了房內，開始演奏起他的手風琴。正在隔壁房中的羅丹梅小姐乍聞琴聲，十分納悶那是從哪裡傳來的？因此急忙地走進書房，看見兩個女孩正聚精會神地聆聽一名街頭男孩演奏手風琴。

「停！停！」她大叫大喊卻白費力氣，因爲琴聲已經完全掩蓋過她的叱喝聲。

突然，她一跳跳得老高，同時驚聲尖叫薩巴斯汀快進來救命，聲音尖得甚至超出手風琴的聲音，因爲有隻黑不溜丟的烏龜正緩緩從她的兩腳之間爬過。一直躲在門後偷看這場好戲的薩巴斯汀，早就把所有的精采畫面盡收眼底，所以剛剛聽見女管家的喊叫馬上應聲進入書房。早被嚇得渾身無力，癱坐在椅子上面不能動彈的管家，嘴裡連聲大叫：「快叫那男孩出去！快把他們全帶走！」

薩巴斯汀聽命行事，拉著男孩走下樓梯，告訴他說：「來，這是克萊拉小姐給你的四十便士，另外這四十便士是答謝你的演奏。孩子，你彈得非常好。」

然後，就將那男孩送出門去，關大門。至於羅丹梅小姐則認爲，此時此刻自己最好留在書房裡面，以防止發生更進一步的混亂狀況。

這時，她們忽然又聽見一陣敲門聲音，隨即便看到薩巴斯汀手提著個大大的籃子站在門口，報告說那是人家指名說要交給克萊拉小姐的。

「我看我們最好先把課給上完，再來瞧瞧裡面裝的是什麼。」羅丹梅小姐決定。可是克萊拉卻扭過頭去望著她的老師，央求著：「噢，求求您，康迪德先生，能不能就讓我們先看一眼，好知道那究竟是些什麼東西？」

「不給妳看的話，只怕妳腦袋裡會一直惦記著——」康迪德先生話說到一半，忽然瞧見那個隨便蓋上蓋子、並沒有扣得很牢的籃子動了。隨即一隻，兩隻、三隻……底下還有好幾隻小小貓咪接連跳了出來，用牠們快得令人眼花撩亂的速度在滿書房裡跳躍、奔跑。有的竄到老師的長統靴上，咬著他的褲管玩；有的爬到女管家裙子上面，或是繞著她的腳邊爬，喵嗚喵嗚叫個不停，又跑又跳，把這整間書房搞得天翻地覆、慘不忍睹。而克萊拉卻開心得大叫大嚷，不斷喊著：

「噢，瞧瞧這些活潑伶俐的小傢伙；瞧牠們跳得多高、多麼靈敏啊！海蒂，妳看那隻！噢，還有，看到那邊那一隻了沒有？」

女管家嚇得面無血色，趁著老師拼命甩掉掛在靴筒上的貓咪，海蒂追著牠們滿房間亂跑的同時，她也漸漸努力設法恢復鎮定，然後高呼僕人們進來幫忙。他們立刻趕到，並且迅速將所有小貓全部安安穩穩抓回籃子裡。

那天一整個上午，不管老師、女管家，以及兩名學生誰都沒有打呵欠；一次都沒有！

到了晚上，羅丹梅小姐利用和兩名小孩獨處的時間，查清誰是引發這些大亂的罪魁禍首，隨即嚴厲表示：

「阿黛兒席德，我只有一個辦法可以處罰妳。那就是把妳送進地窖去與老鼠爲伍，同時仔仔細細反省妳所犯下的這些重大過錯。」

對海蒂而言，地窖根本沒有什麼可怕，因爲在爺爺家的地窖裡，不但沒有老鼠打洞做窩，還貯存著好多香氣四溢的羊奶和乾酪。而相對的，克萊拉聽完後卻驚嚇得尖叫：

「噢，羅丹梅小姐，妳不能現在就處罰海蒂；一定要等爸爸回來再由他決定。」

管家很不情願地回答：「好吧，克萊拉，不過我一定會向謝思曼先生報告的。」說完便悻悻然轉身離開書房。自從這孩子來了以後就打亂了府裡的一切秩序，儘管還沒闖下什麼大禍，但卻時常惹得女管家渾身上下無力之感。

反過來說，克萊拉卻十分喜歡和這隨時隨地淨是做些稀奇古怪事兒的小女孩相處。上課時候，那小女孩好像永遠分不清哪個字母是哪個字母，因爲看到它們只會讓她更加懷念山上自由自在飛翔、奔跑的老鷹和山羊，除此之外，並不具有任何意義。

晚上吃完了飯，兩個女孩總是膩在一起。這時海蒂就會對克萊拉敘述過去她在阿姆峰上生活的情景，每次講著講著，返鄉的渴望必定越來越強，最後總會忍不住加上一句：「噢，我不回家去不行了！我明天就一定要走。」

這時，克萊拉必須想盡辦法說些話來安撫她，並且告訴她，必須再多留幾天，才能再多幫外婆存些小白麵包啊，如此才使得海蒂暫時打消離開的念頭。

另外，每天吃完午餐後的那幾個鐘頭裡，她總是被單獨一人留在房間，所以就有很多閒暇去坐在牆角，想念起家鄉那一片片蒼翠遼闊的原野，或是高山成千上萬頭迎著自己含笑點頭的亮麗鮮花，她眞恨不得馬上衝回阿爾卑斯山上去擁抱那一切的一切。

娣塔阿姨不是曾經清清楚楚保證過嗎？只要她眞想回去就可以回去。所以，終於有那麼一天，小小海蒂打定主意要回阿姆峰上的小屋去。她急匆匆地拿出每天存下的小圓麵包，用她那條紅色圍巾包在一起，然後戴上她的舊草帽轉身就往樓下走。

可惜，這小女孩走沒幾步就在大門口碰見羅丹梅小姐。對方一臉不可思議地盯著她，大半天說不出半句話來。

「妳在做什麼？」最後她終於像山洪爆發似地怒氣沖沖質問：「我不是警告過妳不許再逃走了嗎？妳瞧妳這身打扮活像個流浪兒似的！」

「我只是想回家去而已！」被她那口氣嚇壞了的海蒂囁囁嚅嚅回答。

「什麼！妳想從這棟房子逃跑？要是讓謝思曼先生知道了他會怎麼說呢？這裡有哪一項不合妳的意？我們讓妳享受得還不夠好嗎？妳以前吃過這種食物？住過這種華宅？有過被人這樣服侍的經驗嗎？回答我！」

「沒有。」

「我當然知道沒有！」怒不可遏的女管家繼續辱罵：「妳這狼心狗肺、忘恩負義，每天只會遊手好閒、根本一無是處的小孩！」

可憐的海蒂再也忍受不住，扯起嗓門來放聲哇哇大叫：「噢，我想回家。可憐的小雪蚱蜢要是沒有了我應該怎麼辦？外婆每天都在等我去看她。梅花雀只要彼得沒有乾酪可吃就會打牠出氣，而且我一定要再看看和群山道別時候的夕陽。要是老鷹見到住在法蘭克福這些都市人的話，一定更會『嘎——嘎——嘎——』地直叫個不停了啊！」

「噢，天哪，這孩子瘋了！」羅丹梅小姐大叫著慌慌張張衝上樓梯，結果在半途中和正要下樓的薩巴斯汀撞個正著，氣得她一面揉著頭，一面對他大吼：

「快把那不幸的孩子帶到樓上去！」

「是的，樂意遵命。」薩巴斯汀也猛揉腦袋，因為羅丹梅小姐撞過來的力道可要比他撞上她的力道強得多哩！

下樓後，他發覺海蒂正紅著兩隻眼睛站在門邊，渾身都在不住地顫抖，於是故意裝出輕快的口吻問她：「妳怎麼囉，小姑娘？不管什麼事都別放在心上，快快打起精神來。瞧她剛剛差點兒就撞破我的腦袋瓜子哩，不過我們絕不能垂頭喪氣。噢，不！——快點兒；我帶妳上樓——她說的！」

海蒂有氣無力地拖著腳步，慢吞吞兒地爬上樓梯。薩巴斯汀眼見她整個人都活像變了個樣兒，忙開口安慰：

「別灰心！不要這麼難過啊！在這以前妳一直都是那麼勇敢，我還從沒有聽妳哭過一次哩。快上來吧；等到女管家離開以後，我們就去看小貓咪好嗎？牠們每隻都是生龍活虎，跑跑鬧鬧，很愛玩的哩！」

海蒂不言不語，點點頭，走進房間裡。

那天晚餐的時候，女管家目光頻頻投向小海蒂，不過什麼奇特的事也沒有發生。她就像一隻老鼠似的，安安靜靜地坐在桌旁，除了小圓麵包以外幾乎什麼食物都沒碰。

隔天早上，羅丹梅小姐在和家教老師交談時，透露出她很擔心海蒂心智有問題。可是老師本身卻還有遠比這更嚴重的問題要頭痛；因爲那小女孩子都已經上了這麼久的課，卻連A、B、C三個字母都還學不會哩！

由於海蒂來的時候沒帶幾件衣服，根本不夠換，所以克萊拉送了幾套自己的服裝給她。

那天羅丹梅小姐正在忙著替她騰出衣櫃，好把新衣放進去時，卻突然跑回她們身邊，滿口不屑地叱責：

「阿黛兒席德，瞧我找到什麼？一堆藏在妳衣櫃裡頭的麵包。沒錯，克萊拉，我所說的是千眞萬確。」

然後，她提高嗓門大叫提娜，命令她把小女孩子衣櫃裡頭的所有麵包和那頂破舊草帽，全部一同拿出去扔掉。

「不，不要！不要！我一定要留著我的帽子！還有，那麵包是要帶給外婆的。」海蒂拼命地哭喊著。

「妳乖乖待在這裡，我們這就去把那些垃圾弄走。」女管家嚴峻地叱責著。

海蒂一古腦兒趴在克萊拉的椅子上，傷心欲絕地哭得泣不成聲。

「海蒂，海蒂，不要哭了。」克萊拉哀求。「聽我說！等妳改天要回家時候，我一定會送一些麵包給妳；和妳存的一樣多。唔，不，更多。那會比藏在衣櫃裡的麵包柔軟又可口多了。再說已經擺那麼久的麵包最好也不要吃了，海蒂。所以，拜託，不要再哭了，好嗎！」

海蒂哽哽咽咽哭了半天，好不容易漸漸安靜下來，而且又聽到克萊拉對她的承諾，於是便噙著眼淚問她：「妳真的會給我和原來一樣那麼多的麵包嗎？」

吃晚餐時，海蒂依舊淚眼迷濛，無法強忍住哭泣。這時薩巴斯汀偷偷對她打了好幾個她看不懂的手勢；他究竟想對她暗示什麼呢？

不過，等她晚上回房就寢，爬上高高的床頭去時，終於在被單底下發現她最最珍愛的舊草帽。原來這就是薩巴斯汀想要告訴她的話——他替她把它搶救下來了啊！她雀躍萬分地把它擠壓成小小的一團，用條手巾將它包好、綁牢，藏在衣櫃最深的角落裡。

9 海蒂是個怪小孩？

幾天後，謝思曼宅的主人終於回家了，引起家中一陣莫大的騷動。幾名僕人忙著將一箱又一箱的行李提到樓上，因爲每次他一回來總不忘帶回好多好多可愛迷人的東西。

他首先走進女兒房間，海蒂一見急忙害羞地躲到牆角去。克萊拉看到心愛的父親非常高興，而他也疼愛地摟著她說了好些貼心話，然後望著海蒂大聲招呼：「哦，原來這就是我們的瑞士小女孩啊！快過來，和我握一握手。對，好極啦！妳們是好朋友嗎，小姑娘們，告訴我啊？妳們不會吵架吧，嗄？」

「嗄，不會，克萊拉一直對我好好。」海蒂回答。

「爸爸，海蒂從來不會想跟人家吵架呢！」克萊拉也急忙說她的好話。

「那太好了，我感到很高興。」克萊拉的父親站起身來，告訴她倆：「現在我的肚子快餓扁啦，得先趕緊用餐去。等一會兒，我再回來後大家再拆行李，一起瞧瞧我給妳們帶回來些什麼東西。」

用餐時候，他發覺羅丹梅小姐不時帶著大難臨頭的眼神瞟他幾眼，不禁發問說：「怎麼回事，羅丹梅小姐？妳看起來對我回家的事並不是很開心。不過，克萊拉的樣子倒像還滿不錯的呀！」

「噢，謝思曼先生，我們上了大當啦！」管家說。

「哦？這話怎麼說？」謝思曼先生不慌不忙，神態從容地繼續啜飲杯中的美酒。

「唔，如您所知，我們當初決定要爲克萊拉找個小同伴。那時我就曉得，您一定盼望她的同伴會是個高貴端莊、純潔無瑕的小女孩。而這瑞士小孩一直住在高山上，所以我才寄望她來這兒以後會如山上的空氣一般，過著清清靜靜、一塵不染的生活。」

「我想除非長了翅膀，否則就算瑞士的小孩也是天生非碰塵土不可的吧！」

「先生，您明明知道我眞正的意思。這些日子以來我眞是失望透頂，因爲那個孩子竟然把些全世上最可怕的動物給帶進屋裡來啦！不信的話，您可以去問問康迪德先生。」

「那孩子看起來一點也不可怕呀。妳不滿的到底是她的哪一點呢？」

「這我也說不上來，不過，她好像有的時候腦筋確實並不是很正常。」

謝思曼先生聽到這話終於開始感到憂心；此時家庭教師剛好走進來。

「噢，康迪德先生，我希望能聽聽你的解釋。拜託陪我喝杯咖啡，同時談談有關我女兒那小同伴的情形。可以的話，請儘量簡明扼要。」

不過「簡明扼要」這四個字，對康迪德先生來說根本是不可能的。他首先先得問候謝思曼先生這段日子是否安好，對他噓寒問暖幾句，接著又再三地強調了那孩子在來到這個家以前，完全沒人留意到該讓她受點教育，等等諸如此類的話題。

所以，很不幸地，可憐的謝思曼先生不但沒有得到他所想要的答案，反而被迫聆聽大半天翻來覆去、始終圍繞著那小女孩子性格打轉的說明。

最後，謝思曼先生終於失去耐性，站起來說：「抱歉，康迪德先生，我現在必須過去看看克萊拉了。」

他走進書房，來到兩個小女孩身旁，扭頭對著一見他走進便急忙站起來的海蒂說：「嗨，孩子，妳去幫我——去幫我倒杯水來。」

「清水？」

「嗯，當然，是清水。」在目送海蒂走出書房之後，他立即坐到克萊拉身邊，執起她的手說：「告訴我，克萊拉，明白告訴我海蒂到底帶了什麼東西進來這屋子裡。還有，她的腦筋真的有毛病嗎？」

於是，克萊拉開始從頭至尾、一五一十地把有關貓咪、烏龜的插曲全仔細說給父親聽，以及海蒂究竟說了什麼話語、用了哪些詞句，能把女管家嚇得提心吊膽，聽得她的父親忍俊不住哈哈大笑，同時問她希不希望海蒂繼續留下來。

「當然希望，爸爸。從她來了以後，家裡每天都會發生很多有趣的事喔！而且有她作伴，我再也不會覺得日子過得像從前那樣單調乏味了。」

「很好，非常好，克萊拉；喏，瞧，是妳的朋友回來啦！妳有沒有幫我裝最清淨的水啊？」謝思曼先生問。

海蒂把手上捧的那杯清水遞給他，回答：「有！是跑到飲水池邊去裝回來的。」

「妳該不是自己跑到飲水池邊去的吧？」克萊拉問。

「是！不過因爲第一座和第二座池邊都有好多人在擠，所以我必須跑到很遠，一直過了兩條街道，才能盛到噴出來的水。在那座水池旁邊，有一位滿頭白髮的老先生要我代他問候您，謝思曼先生。」

克萊拉的父親笑呵呵地問：「那位老先生是誰呢？」

「那時他剛好走過噴水池邊，看見我拿著杯子在那兒取水，於是停下腳步對我說：『既然妳有杯子，拜託給我一杯水喝吧；妳是出來替誰取水的呢？』我就回答他說：『我是替謝思曼先生出來取水的。』他聽完以後朗朗大笑，還要我代他問候您一聲，說他祝您喝水愉快。」

「不知道那竟究會是哪位？他長得什麼樣子？」

「他的笑聲和藹可親，佩帶一條粗粗的金鏈子，鍊子上嵌著一枚鑲紅石頭金墜子。另外，他的手杖上面還雕刻了一個馬頭。」

「啊，是醫生——」

謝思曼父女異口同聲地大叫。

當天晚上，謝思曼先生親口告訴羅丹梅小姐說，他覺得海蒂不但正常，而且十分討人喜歡，加上兩個小孩彼此又非常相親相愛，所以他已決定把她留下，同時斷然表示：「你們一定要好好待她，絕對不能因為她的言行舉止有些比較特別的地方就加以懲罰。再過幾天，家母會來這兒小住一陣子，調教小孩的事她可以幫上不少的忙。因為，羅丹梅小姐，妳也知道，全天底下沒有一個小孩會跟她合不來。」

「當然，這我曉得，謝思曼先生。」女管家雖然這麼回答，可是臉色卻顯得老大的不高興。

謝思曼先生只在家中短暫居住兩星期，就又匆忙趕往巴黎處理他的業務去了，臨行前他特別安慰克萊拉說奶奶再過幾天就會到。

結果就在他才剛剛動身沒隔一會兒，女管家就宣布她收到夫人通知，表示她將在明天抵達謝思曼宅。

克萊拉興沖沖地期待奶奶光臨，一整天裡，都拉著海蒂對她「奶奶這樣、奶奶那樣……」地直說個不停，聽得海蒂習慣成自然，竟也滿口「奶奶」、「祖母」地稱呼起來了。

這下羅丹梅小姐自然忍不住要大搖其頭，因爲她認爲，那個小女孩根本就不配使用這麼親密的稱呼。

10 奶奶

第二天，家裡每個人都在愼重其事地爲迎接夫人到來的大事做準備。提娜還特地戴頂新帽子，薩巴斯汀在幾乎每張安樂椅前都設想周到地擺上一張矮腳凳，羅丹梅小姐更是端出威嚴的架式巡視遍整座府邸，仔細檢查每一吋地方。

終於，馬車行駛到了謝思曼宅門外，所有僕人趕緊飛奔下樓迎接，只有走在最後的羅丹梅小姐步伐顯得較爲穩重。海蒂已經先被遣回她自己的房間等待進一步指示，不過沒等多久，提娜就又跑上房來，推開她的房門，粗魯地大叫：「到書房去！」

性情慈祥而又平易近人的奶奶，很快就做出了令管家自覺顏面掃地的事來。她竟然直接就用「海蒂」這個小名呼喚那小孩子，並且當面告訴羅丹梅小姐：「既然她的名字叫海蒂，那我就這樣稱呼那個孩子吧！」

很快的，羅丹梅小姐就發現自己不得不敬重謝思曼夫人的意見和行動作風，而且打從這位老太太一進謝思曼府中起，家中的大小事情、活動狀況她便隨時都心中有數。

隔天下午，趁著克萊拉休息的時候，老太太也閉上眼睛小憩五分鐘，然後起身走進餐廳，一看，偌大的餐廳裡面空無一人，心想或許管家也午睡去了，於是又跑到她的房外，把門敲得砰砰響。經過一小會兒，裡面傳出窸窸窣窣的響動，隨即便見到羅丹梅一臉睡眼惺忪地打開房門，迷迷糊糊地傻瞪著站在面前的意外訪客。

「羅丹梅，那小孩呢？我想了解平常這段時間她都是怎麼打發的呢？」夫人問。

「她呀！她只會整個下午無所事事地乾耗在房裡，絲毫也不想做點什麼有用的事情，這也就難怪她會成天胡思亂想，搞出一些在上流社會裡頭，人家連提都不好意思提的各種怪名堂來。」

「假如換作是我被隨便一個人扔在房間不管，恐怕我也會胡思亂想，專做一些莫名其妙的事情。請妳現在就去把她帶到我的房間，這回我來特地帶了一些漂亮的書本，想讓她看看。」

「書呀！我瞧您這根本是白費心機。因為打從這小女孩子住進謝思曼府到今天，那麼長的一段時間她都連個 A、B、C 也還學不來，可見她根本吸收不了任何知識，就算送書給她又有什麼用呢？要不是康迪德先生的耐性好得像天使一般，恐怕早就懶得再教她啦！」

「咄！咄！怪事！在我看來，她實在不像個連 A、B、C 都學不來的孩子。」謝思曼夫人吩咐：「請馬上去帶她過來。不管怎樣，至少我們光看看插圖也好。」

就在管家張嘴準備繼續爭辯的當兒，夫人已經掉頭往回走向自己的房間，進了房門，一面仔細考慮羅丹梅小姐對於海蒂的批評和看法，一面下定決心一定要找出眞正的問題所在。

不久，海蒂來了，奶奶立刻拿出幾本大開本的書來供她翻閱。書上的插畫一幅幅畫得都是那麼生動漂亮，直把海蒂瞧得雙眼圓睜，流露出無限的驚奇。忽然，她大叫一聲，因爲書中竟然出現一幅羊兒成群散布在牧場草地上，正優優閒閒、安安靜靜吃草的景象。羊群中間站著一名手拄著彎頭長杖的牧童，夕陽餘暉灑遍整個畫面，所有景物都染上一層薄薄的金黃。海蒂貪婪地細看畫裡的每一隻羊兒、每一縷金光，突然肩膀劇烈抖動，埋首嗚嗚啜泣了起來。

奶奶雙手握住她的小手，用她最溫柔慈祥的語調安慰她：「好了，孩子，千萬別哭了。是不是這幅畫惹妳想起什麼事情來？趕快收起眼淚，等到晚上我會說故事給妳聽。這本書裡寫著好多人們可以閱讀、也可以說給別人聽的迷人故事。來，親愛的，快把眼淚擦乾淨，我有些話非問妳不可。好了，現在站起來，看著我！喏，我們馬上又會恢復愉快嘍！」

海蒂雖然沒有立刻停止啜泣，夫人卻一遍又一遍耐心哄著她說：「好啦，全都結束啦，我們馬上又會恢復愉快喔！」給她足夠的時間讓她情緒漸漸平靜下來。

好不容易等到海蒂終於不再哭了，她便對那孩子說：「現在告訴我，妳的功課唸得怎樣，都學會了些什麼？告訴我，孩子。」

「什麼也沒學會；」海蒂歎口氣說：「不過我知道我這一輩子都別想學會了。」

「妳到底學不會什麼？」
「閱讀。那太困難了。」
「還有呢？是誰告訴妳說那很困難的？」
「是彼得。他試過一遍又一遍，可是怎麼也學不來，因為那太困難了。」
「哦？彼得是一個怎麼樣的男孩呢？海蒂，妳一定要自己努力試試，絕對不能光相信彼得。我敢說康迪德先生教妳認字母時，妳一定是學得有些心不在焉的。」
「努力也不會有用啊！」海蒂一副認命的口氣。
「海蒂，妳聽我說。」夫人親切地糾正她的觀念：「以前妳之所以學不會閱讀，那是因為太過相信彼得的話了。從今以後妳必須改成相信我。妳和彼得不同；只要妳認認眞眞學習個一小段時間，必定能像其他許許多多和妳相似的小朋友一樣，很快就能學會識字讀書。而等妳學會閱讀以後，我就把這一本書送給妳。剛剛妳已經從圖畫當中看到青草地上站著一個牧羊的孩子，如果妳學會閱讀，那就可以曉得在他身上都發生哪些奇妙的事了。沒錯，妳會明瞭整個故事，妳會知道他是怎樣管理他的綿羊和山羊。妳很想知道，對不對，海蒂？」
一直專注聆聽的海蒂聽到後來眼神都亮啦，神采奕奕地回答：「噢！眞希望我現在就已經會讀書啦！」

「我保證妳一定很快就能學會的。走吧，我們現在去找克萊拉。」夫人說完馬上領著海蒂一起到書房去。

自從海蒂嘗試自己跑回家去的那天起，這一向清純無邪的小女孩子就已經不再像從前那樣，天眞地以爲自己可以隨心所欲，做自己想做的每一件事情。當時她就已經了解到，一旦自己再度逃跑，心地溫柔善良的克萊拉一定會非常傷心，如今更完全明白自己不能像娣塔阿姨事先擔保的那樣回鄉去，否則所有的人——尤其是克萊拉和她的父親及祖母——都會認爲自己是個忘恩負義的小女孩。

只是她的心頭負擔卻越來越重，胃口越來越小，臉色也越來越蒼白。每天每天，她都渴望早日再見漫山遍野開遍的鮮花、普照大地的驕陽，還有那峰巒疊翠的山脈。這使得她夜裡輾轉難眠，只有在好不容易進入夢鄉以後才能重拾歡樂。

等到隔天一覺醒來，發現自己仍然遠離家鄉，躺在高高的白色床上，這可憐的小女孩總不免要趴在她的枕頭上面，任滾滾淚水直流個不停。

謝思曼夫人自從住進家中以後，便時常發現那女孩神情顯得鬱鬱寡歡，只是她暫時不去管她，寄望過幾天情況自然會有所變化。然而幾天下來，海蒂表情不但沒有變得比較開朗，甚至還常常一大清早就紅著兩隻眼睛，因此，有一天她終於把那孩子叫進自己房間，帶著充滿憐惜的口氣詢問：「海蒂，告訴我，妳怎麼啦？爲了什麼那樣傷心？」

海蒂不想表現出一副不知感激的樣子，於是悲傷地回答她說：「我不能告訴您。」

「不能？那麼告訴克萊拉呢，行不行？」

「噢，不，我不能告訴任何人。」

海蒂那心中有苦不能傾訴的模樣瞧得夫人心疼極了，於是告訴她說：「聽我說，小女孩，假如妳的心中有什麼憂愁不能告訴任何人的話，那麼妳可以去找我們住在天上的父；妳可以把所有困擾著妳的事情都說給祂聽。如果我們向祂請求，祂會幫助我們，把我們的苦難都帶走。我的意思妳明白嗎？妳有沒有每天晚上做禱告？有沒有感謝祂賜福給我們，請求祂保護妳遠離一切邪惡？」

「噢，沒有，我從來沒做過。」

「妳眞的從來都沒禱告過嗎，海蒂？妳曉不曉得我指的是什麼事情？」

「我只有和我的第一個奶奶一起做過，可是那已經是好久好久以前的事了，所以現在已經全部忘光光了。」

「妳瞧，海蒂，現在我終於曉得妳爲什麼那麼不快樂了。聽我說，我們每個人都需要別人的幫忙。所以說如果在我們遇到煩惱或痛苦的時候，隨時都能夠向上帝求助，妳想那是多麼棒的一件事啊！在沒有其他任何人能聆聽我們傾訴心聲、安慰我們的時候，我們就可以把所有事情說給祂聽，向祂去尋求安慰。上帝能夠賜給我們幸福和喜悅。」

海蒂臉上陰霾一掃而空，高興地問：「我們爲什麼能告訴祂？眞的什麼事都可以嗎？」

「對，海蒂，什麼都可以。」

那小女孩急忙抽出被老奶奶握在雙掌之中的小手，迫不及待地說：「那我可以現在就去告訴祂嗎？」

「唔，當然。」夫人回答。

海蒂大步跑回自己房間，坐在一張板凳上，十指交握，娓娓向上帝傾訴她滿腔的鄉愁，乞求祂幫助她，讓她可以回到爺爺的身邊。

約莫一個星期之後，康迪德先生請求面見謝思曼夫人，希望能當面向她稟告一件這幾天來發生的不尋常事件。在夫人傳喚他進入房間後，這位家庭教師開口便對她說：「夫人，有件我做夢也不敢期望的事情實現了。」緊接著他便詳實報告海蒂如何以最正確的發音、最神速的進度，在短短的幾天之內學會閱讀，這在一般初學者而言，是非常難得有人能夠做得到的。

奶奶聽了十分快慰，告訴他：「天底下的事本來就無奇不有。」然後兩人便一起走到書房，親眼看看海蒂的新成就，只見那小女孩子緊挨克萊拉身旁坐著，正在閱讀一則故事；從她臉上的表情看來，呈現在她眼前這片全新的奇妙天地，顯然令她充滿詫異與驚奇。

晚餐時，海蒂發現自己餐盤中盛著一本大大的故事書，書裡有好多美麗的插圖，於是遲疑地盯著奶奶看。

謝思曼夫人點點頭，面帶微笑地對她說：「現在它是妳的了，海蒂。」

「永遠嗎？就算我回家去時也可以帶走嗎？」海蒂興奮莫名地詢問。

「當然，永永遠遠都是！」奶奶向她保證。

「我們明天就開始來讀它。」

「可是海蒂，妳絕對不能回家去，」克萊拉著急地嚷著：「妳要在我們家住好幾年才行；尤其是在奶奶離開以後更不能夠。妳必須留下來陪伴我。」

那天晚上，海蒂的兩道視線始終捨不得從書上移開，把它當成是她最心愛最心愛的寶貝，一直到臨睡以前才不得不將它放下來。

就從那天開始，她每天每天欣賞這些美麗的圖畫，大聲朗誦書裡所有的故事給克萊拉聽，而祖母也會靜靜地在一旁聽她唸得如何，遇到比較難懂的地方就詳細解釋給她明瞭，使得那些故事閱讀起來感覺更美、更生動。在所有的插圖當中，海蒂最喜歡的就是畫面裡頭出現牧羊童的那幾頁。這些圖畫描繪的是一個浪子的故事，海蒂看了又看，同時把記述整個故事的文字也讀了又讀，直到所有畫面和其中的每一字一句，都深深烙印在她的腦海中。

自從她學會唸書又擁有這本書以後，每天日子都過得像飛一般的快，轉眼間，老奶奶預訂要離開法蘭克福的時間就快要到來了。

11 海蒂有得亦有失

每天午後，祖母都會利用克萊拉正在休息，而管家也關在自己房裡那段空檔把海蒂找來，主動陪她聊天，又想出很多方法來逗她開心，並且教她怎樣幫自己帶過來的那些漂亮的小洋娃娃做些新衣裳。不知不覺，海蒂已經學會縫紉，還用祖母送給她的各色美麗布料，替所有小洋娃娃縫製了好幾套最美麗、最可愛的洋裝和大衣。

除此之外，海蒂也常在夫人面前朗誦圖畫書裡的故事，因爲每次只要多唸一遍，就彷彿多增添了一些親切感，彷彿那些虛構中的人物都添了生命，來到眞實世界中與她共處，使她無論何時都非常高興和他們再度接觸。只是雖然如此，她看起來卻不是眞正的開心，兩隻眼睛也不再像從前住在山上一樣，時常閃動愉悅的光芒。

就在謝思曼夫人住在家中的最後一週，她又派人去把海蒂叫到自己的房間。不久那個孩子腋下挾著她的書來了，夫人立刻將她拉近自己面前，把她的書先抽過來擱在一旁，然後說：

「乖，孩子，告訴我妳爲什麼悲傷？困擾妳的莫非還是一樣的憂愁？」

「是。」海蒂回答。

「妳有沒有悄悄把它訴說給上帝聽呢？」

「有。」

「妳有沒有每天向祂祈求，求他帶走妳的創傷，同時恢復妳的快樂。」

「噢，不，我後來再也不祈禱了。」

「妳說什麼，海蒂？妳爲何不再祈禱了。」

「因爲那根本沒用，因爲上帝根本沒在注意聽。這也難怪，」她緊接著補充說道：「因爲如果全法蘭克福的人每天晚上都做禱告，那祂一定沒有辦法注意聽清楚大家都祈求些什麼啊。我敢說祂一定沒聽見我的答應。」

「眞的？妳爲什麼那樣確定。」

「因爲好幾、好幾個星期以來，我每天都在祈禱同樣的事，可是我的要求上帝並沒有做到。」

「妳誤會了，海蒂。聽我說，住在天上的上帝是我們所有人類全能的父，祂比我們本身更了解什麼才是我們眞正最需要的東西。如果我們要求的事或物對我們並不是非常好的話，祂就會給我們更好更好的。所以我們應該全心全意信賴他，不該懷疑祂的愛。我深深相信妳所要求的對目前的妳來說並不是很好；祂一定已經聽到妳的禱告，因爲祂可以在同一時間聽到世上所有人們的祈禱。因爲祂不是像你、我這般的凡夫俗子，而是萬能的上帝。祂一定已經聽到妳的禱告，同時暗暗叮嚀自己：『沒錯，海蒂將會及時得到她所祈求的東西。』如今正當慈愛的上帝從高高的天空俯首觀注，聆聽妳的心聲的時候，妳卻失去對祂的信任，離祂而去。如果說祂再也聽不到妳的禱告，那麼漸漸地祂就會把妳忘掉，不再管妳了。海蒂，妳難道不想重新回到祂的懷抱，請求祂的寬恕？只要妳天天向祂禱告，把希望寄託在祂身上，那麼，總有一天祂會賜給妳幸福歡樂的。」

這些日子以來，海蒂早已對夫人產生堅定不移的信心，她所說過的每一句話都深深銘記在她的腦海。現在她專心聆聽夫人的諄諄勸導，反省一下，立即滿懷懺悔地表示：「我這就馬上去請求天上的父寬恕我。以後我永遠永遠再也不會把祂忘記了！」

「這才對，海蒂；我深信只要妳由衷信賴上帝，祂一定會在妳需要的時候及時援助妳的。」老奶奶溫和地寬慰著海蒂。隨即那小女孩便回到自己房間，眞心誠意地祈求上帝原諒她的過失，並讓她的希望如願以償。

一眨眼，老奶奶離開謝思曼大宅的日子已經來臨。只是經過她一番細心安排，兩個孩子雖然目送馬車出門，卻不知道她是眞的要走了。

少了老奶奶的宅第再度回復到從前的空蕩寧靜，兩個小孩也都幾乎不知應該怎樣打發無聊的時光。

隔天下午，海蒂來到克萊拉房間，問她：「克萊拉，我能不能從現在起每次、每次都請妳聽我唸書？」

克萊拉答應之後，海蒂馬上開口大聲朗誦，只是唸沒多久她卻突然大哭起來。因爲這篇故事裡頭講的是一位老奶奶去世的事，海蒂當然再也讀不下去，泣不成聲地直嚷著說：「噢，外婆她死掉了！」眼淚也啪答啪答地直往下掉。

年紀小小的海蒂似乎無論讀到什麼，總覺得那就是眞的，所以現在她也以爲書上說的就是她在家鄉的老奶奶。她越哭越兇，越哭越厲害，不住嗚嗚咽咽地說：「現在可憐的外婆死了，我再也見不到她了，而且那些小圓麵包她連一口也永遠都吃不到了！」

克萊拉雖然試著對她解釋清楚那是個誤會，可是海蒂心情已經大受影響，不斷想像萬一親愛的爺爺正好在她遠離家鄉的期間死掉，那會是多麼可怕的事情啊！到時候山上的小屋裡面就會變得冷冷清清、空空蕩蕩，而自己也會變得非常非常的寂寞，非常非常的孤單！

她的哭聲、克萊拉的勸慰聲音，都傳到外面的羅丹梅小姐耳中，於是她走進房間，逼近啜泣中的海蒂面前，不耐煩地叱責：「阿黛兒席德，妳鬼叫鬼叫得夠啦！要是再讓我聽到妳像這樣吵得要死，我就永遠地沒收妳的書！」

海蒂頓時面如死灰，因爲這本書可是她最重要的寶貝。她趕緊抹乾淚水，嚥下自己的哭聲，而且從此以後再也不敢放聲哭泣。相反地，她經常努力壓抑悲傷情緒，爲了避免哭出聲音，不得不咬牙擠眼地做出最奇怪的鬼臉，惹得克萊拉時常驚訝地盯著她看。然而羅丹梅小姐卻壓根兒不會留意到這些，當然也就沒有機會實施她的那一番威脅。

總之，那可憐的孩子身材日益消瘦，臉色愈來愈蒼白，笑容也越來越少浮現在她的臉上。薩巴斯汀眼見她漸漸失去孩童應有的活潑朝氣，不由得暗暗替她感到心焦，所以每次的用餐時間，總刻意爲她盛上各種可口的菜色，希望能讓她胃口大開，重新振作起精神。可惜他的好意完全收不到成效，海蒂總是懶洋洋地隨便朝它們瞥上一眼，幾乎動都不動她的刀叉。到了晚上，她便一個人窩在房間，小小聲地哭泣，滿腦子只渴望能夠馬上飛回山上的家園。

時光就在海蒂滿懷鄉愁中日復一日地過去，她從來不曉得現在是夏天或冬季，因爲打開窗戶往外一望，對面永遠是一成不變的牆壁；而且加上克萊拉又經不起長途車程勞頓，所以她們也難得乘車出門一趟。除了房屋、街道，行色匆忙的人們以外，她們從來不曾看見別的東西；不曾看過青草、不曾看過樅樹，也不曾看見崇山峻嶺。海蒂雖然頻頻努力想要趕走憂愁，可是憂愁依然像團烏雲一樣將她層層包圍住。

時光荏苒，很快地新的一年春天又來到，海蒂知道這幾天內彼得一定又會趕著羊群們上山。在高山上，那一簇簇的野花必定正在陽光下爭相怒放，夕陽西下的時候，整片阿爾卑斯山群也必定像著了火似的染遍豔豔的紅光。

每當想起這些，她就會蒙住眼睛坐在房間的角落，不願去看對面牆上刺眼的日照，任由思鄉愁緒一吋一吋地啃咬著她的心靈，直到聽見克萊拉在大聲喊她出來一塊兒讀書、做遊戲為止。

12 謝思曼大宅鬧鬼

連續幾天，羅丹梅小姐在屋中走動時，總是靜悄悄地，幾乎聽不見半點聲息。不管是從一個房間要到另一個房間，或是走在走廊上，總要頻頻回顧，彷彿擔心有人在跟蹤似的。如果是要到樓上任何一間華麗寬敞的客房，或是要去位在底樓的大舞廳，總必定會吩咐提娜陪她一起走。

奇怪的是，不管屋裡哪個僕人都不敢單獨到任何地方，甚至找盡藉口非要找個人作伴，而對方也鐵定都一口答應。已經在這個家中工作許多年的廚子就曾好幾次搖著頭嘀咕：「眞不敢相信會有這等怪事！」

大屋中出了一件離奇事情。每天早上僕人們下樓時候，總會發現正門是敞開的。起初大家都以爲家裡一定是遭了盜賊，可是查遍樓上樓下、前廳後屋，卻又查不出有遺失任何物品。問題是，儘管每天在就寢之前，負責的人必定會小心鎖好雙重鎖，可是到了隔天早上還是依舊會大門洞開。

終於，薩巴斯汀和車夫約翰決心鼓起勇氣，熬夜盯住那扇怪事頻生的大門，看看到底哪條鬼魂在搗蛋。他們先是備齊棍棒，喝了點兒小酒壯膽，然後便一直守在樓下某個房裡觀察動靜。剛開始時，這兩個人還彼此打開話匣聊天，不過很快地睡意便襲遍全身，於是朦朦朧朧靠在椅背睡著了。

寤寐中，也不知經過多久，老教堂塔樓上的大鐘忽然敲到半夜一點。鐘聲驚醒薩巴斯汀，他揉揉眼睛，開始連搖帶喊、費了九牛二虎之力，總算把「呼嚕呼嚕」睡得正熟的約翰給叫醒，然後兩人一起走到外面的大廳。

就在此時，一陣強風吹滅了約翰手中的提燈，嚇得他轉身就往回衝，險些把緊跟在他背後的薩巴斯汀給撞倒。約翰急忙一把扯住大管家，把他拉回房間，然後手忙腳亂地將房門鎖上。等到薩巴斯汀再將燈火點燃，這才察覺約翰已經面如死灰，全身就像風中的一葉垂柳那般抖個不停，於是什麼都沒看見的他急急忙忙詢問：「這到底怎麼回事？你看到什麼東西啦？」

「門打開了，樓梯上有條白色的人影在往上移動，才一晃眼就又不見了。」

薩巴斯汀聽完約翰這番驚魂未定的回答，頓時覺得整個背脊一陣涼颼颼，和他兩人一起坐在房中動也不敢亂動，直到清晨來臨，這才總算鼓足勇氣，走出房間，關好房門，上樓去向女管家報告昨夜親眼目睹的怪象。

迫不及待等著聆聽結果的女管家，一聽完整個事件始末，立即坐到桌前，提筆寫信給謝思曼先生，告訴他說，這屋子裡頭出了一連串的恐怖怪事，還說她已經嚇得連筆都拿不穩了，接著下來就把整個鬼魂出沒的始末一一記述在紙上。

謝思曼先生回函表示，他業務忙得抽不出空回家一趟，建議羅丹梅小姐不妨把他母親邀到府中暫住，因爲謝思曼夫人的驅鬼本領十分高強，保證再厲害的鬼魂碰到她也會乖乖地溜之大吉。

羅丹梅小姐見到這封回函，知道主人並不怎麼把自己的報告當作一回事，不由得心中十分氣惱。後來謝思曼夫人的信中同樣提到她這一陣子沒有辦法再特地跑到法蘭克福，無計可施的羅丹梅小姐只好使出殺手鐧。她故意把到目前爲止始終刻意瞞著兩個小女孩的詭異事件透露給她們知道，好刺激家裡的男主人回來處理這事。

果然，克萊拉一聽說家裡鎖得好好的門會半夜沒緣沒故自動打開，馬上嚇得大聲尖叫，說她再也不願意單獨留在房間一秒鐘，同時要求趕緊請父親回來，於是當夜羅丹梅小姐就擠到她的房間來和她一起睡。相對的，根本不懂得什麼是「鬼」的海蒂，卻完全不受這恐怖的傳言影響。

幾天後，遠在異鄉的謝思曼先生收到第二封有關於鬧鬼事件的報告，而且羅丹梅小姐還聲明說，如果他再不趕快設法拯救家人，解決這鬧鬼事件，恐怕克萊拉小姐柔弱的身心會遭受刺激，產生種種毛病，同時接二連三的禍事也會跟著降臨。

謝思曼先生一看事態嚴重，就連自己的女兒都受到恐怖陰影威脅，急忙趕回法蘭克福，一進家門就直奔女兒的房間。他發現她安然無恙，既沒有被嚇出病來，也沒有神經兮兮、緊張不安，不由得大喜過望，而克萊拉也很高興見到她的父親回家來。

「羅丹梅小姐，這鬼又跟妳玩哪些新把戲啊？」謝思曼先生眼中閃著揶揄的光芒。

「謝思曼先生，這可不是什麼笑話，」臉嚴肅地回答：「我敢說到明天您就鐵定笑不出來啦！過去這一陣子家裡天天發生一些莫名其妙的怪象，可見這棟屋內一定是出過什麼不爲人知的恐怖事情。」

「哦，眞的嗎？這我倒是第一次聽說，」謝思曼先生表示：「不過請妳別把疑心動到我那些可敬的祖先們身上好嗎？拜託去把薩巴斯汀叫來，我有些話要和他單獨談談。」

謝思曼先生很清楚女管家和大管家彼此不和的事，所以一見到薩巴斯汀就對他說：「來，薩巴斯汀，老實告訴我，過去這些天來你有沒有裝神弄鬼作弄羅丹梅小姐？」

「沒有，我發誓絕對沒有，主人，」薩巴斯汀坦白回答：「我自己也被這件事情鬧得惶惶不安呢！」

「算啦，明天一早我就教你和約翰看看鬼長什麼樣子。瞧你們這兩個大男人長得又高又壯卻這麼沒膽，眞該自己覺得丟臉！好啦，現在你去找我的老友克雷森醫生，請他晚上九點到這兒看我，同時告訴他說，我這一趟回來最主要是有事想找他商議，還有希望他今晚陪我熬夜。聽明白了嗎，薩巴斯汀？」

「是，明白！我一定照您的吩咐做，謝思曼先生。」大管家說完退下去辦他的差使，於是謝思曼先生便去克萊拉房間安撫她的心情。

醫生在晚上準九點整來到謝思曼大宅。雖然他已經滿頭花白，可是臉上看來卻依舊神采奕奕，眼神也非常明亮而慈祥。當他一見他的老友謝思曼時，立刻朗朗大笑，打趣著說：「喂，喂，你的身體看來十分硬朗，一點也不像需要人家陪伴看護一整晚的樣子。」

「耐心點，老朋友，」謝思曼先生回答：「恐怕害得我們今晚必須熬夜的人，氣色就不怎麼好看了。不過首先我們必須逮到他才行。」

「什麼？難道說這屋子裡真的有人生病了？你到底在說什麼啊？」

「更糟啊，醫生，簡直是糟糕透頂。這屋裡有鬼。我家在鬧鬼呀！」

醫生聽後不禁大笑了起來。這時謝思曼先生接著說道：「我的感覺和你一樣，醫生；但願羅丹梅小姐能夠聽到你的反應。她深信我們謝思曼家有位老祖宗的魂魄在到處飄蕩，好補贖他生前做過的可怕罪行。」

「她是怎麼曉得有鬼存在的？」醫生大感興趣。

謝思曼先生開始說明整件事的來龍去脈，然後表示：「這要不是家中有哪個僕人的親戚或朋友趁我不在家時惡作劇，就是竊盜集團想藉著裝神弄鬼來嚇破全家大小的膽，以後就可以比較方便一步一步搶奪我家的財物啦！」

醫生聽完，陪他進入先前約翰、薩巴斯汀用來監視大門口動靜的房間。他們準備了幾瓶酒，桌上點起兩座亮晃晃的大燭臺，同時各自攜帶一把左輪手槍好應付緊急狀況。

為了怕太亮的光線會把「鬼」趕走，他們半掩房門，然後舒舒服服地坐到桌子旁邊，邊聊天邊偶爾淺啜一口美酒以打發時光。

「那鬼似乎已經偷窺到我們的行動了，也許今晚不會來。」醫生說。

「我們必須要有耐心。根據家人推測，他很有可能會在半夜一點出現。」

於是，這兩名好友就這樣一直聊到深夜一點。屋裡屋外，萬物寂寂，街道上也沒傳出半點聲音。忽然，醫師豎起食指，悄聲說：「噓！謝思曼，你有沒有聽見什麼？」

兩人側耳傾聽，發現門閂被拔開來，緊接著又是鑰匙轉動，大門「咿軋！」盪開的聲音。謝思曼先生急忙抓起手槍，克雷森醫師也站了起來，對他說：

「你沒嚇著吧？」

「小心一點比較好！」他低聲回答，同時用另一隻手抓起燭臺，然後醫生也擎起另外一座大燭臺，拿著手槍跟在他的後面，一起走到外面的大廳。只見月光底下有個白色人形，動也不動地站立在門階上。

「是誰！」醫生如雷暴吼一聲，朝著那條人影衝過去，只見對方轉過身來，全身泛起微微的顫抖。

是海蒂！光著腳丫，穿著白色睡袍，一臉迷惘地望著亮晃晃的燭光，以及兩人手中左輪手槍的海蒂！見到兩人震驚萬分盯著她瞧的表情，那小女孩被嚇得渾身發抖。

「謝思曼，這好像是替你取水的小姑娘嘛！」醫生說。

「孩子，這是怎麼回事？」謝思曼先生問她。「妳想做什麼？爲什麼會跑下樓來呢？」

已經嚇得面如死灰的海蒂茫茫回答：「我不知道啊！」

這時醫生走上前來示意：「謝思曼，接下來的工作是屬於我的範圍，拜託你先進裡面去坐著，等我先把她帶上樓去就寢。」

他把手槍擱在一旁，牽著那不斷打著哆嗦的小女孩爬上樓梯，並且一路安慰她：「別怕，沒什麼事情！快放下心來，不要被剛剛的情形給嚇著啦！」

進了海蒂房間以後，醫生又把那小女孩抱上小床，然後小心翼翼地幫她蓋好被子，拉把椅子坐到床沿，等候海蒂情緒漸漸平穩，不再顫抖後，這才又握住她的手，慈愛地對她說：「好啦，現在一切都恢復正常了。告訴我，妳剛剛想去哪裡？」

「我沒有想到哪裡去，」海蒂鄭重向他保證：「也不是自己想走出去的。我只是突然就在那裡了。」

「沒錯！告訴我，妳剛才夢見什麼了？」

「噢，我每天晚上都做同樣的夢。我老是以爲我又跟我的爺爺住在一起，耳邊還可以聽到呼呼的樅樹聲。我老是覺得天上星星好美啊！於是我就打開小屋的門，噢，眞是漂亮極了！可是每天早上醒來，總是發現我還在法蘭克福。」海蒂說著說著，快要哭出聲來了。

「孩子，妳的頭或身體上下有沒有什麼不舒服？」

「沒有，可是我覺得這裡好像有顆大石頭壓著。」海蒂指著喉嚨說。

「妳有沒有吃下什麼不合胃口的東西？」

「噢，沒有，可是我常常覺得好像很想痛哭一場。」

「那妳哭出來了嗎？」

「噢，不，我絕對絕對不會那樣做的，因爲羅丹梅小姐不准。」

「所以妳就強忍下了不哭了，這樣說對嗎？妳喜不喜歡住在這裡呢？」

「唔，喜歡。」海蒂這樣回答，可是口氣十分遲疑，聲音也非常微弱。

「以前妳和妳爺爺住在哪裡？」

「阿爾卑斯高地山上。」

「可是那不會有點寂寞嗎？」

「噢，不會！那兒漂亮極啦！」海蒂說到這裡，所有山居生活的回憶，所有今夜經歷的刺激，以及所有直到今天勉強壓抑的憂傷一湧而上，令她再也克制不住淚水決堤，甚至嗚嗚咽咽地痛哭失聲。

醫生站起身來，輕拍著她的手背安慰她：「哭吧！哭不是什麼壞事。哭完之後妳就會很快睡著，等到明天早上睡醒，一切就都雨過天青啦！」說著離開房間，下樓去見他那已經焦急得坐立不安的老友。

「謝思曼，」他說：「那小女孩患了夢遊症，並且在自己不知不覺間嚇壞了你所有的家人，加上思鄉情切，已經折磨得她原本就瘦小的身軀愈來愈顯得憔悴。我們必須趕緊採取行動。唯有將她送回山上，讓她回歸自然，呼吸高山的空氣，才能夠讓她漸漸恢復健康紅潤的模樣。我的處方是——明天立刻送她回去。」

「什麼？病了！夢遊！在我家裡越住越憔悴！這簡直教人連做夢都不敢相信。你想我應該在這種狀況下把那小女孩送回家去嗎？噢，不，除了這個，你提什麼別的建議我都答應。人家來的時候可是一副活活潑潑、健健康康的模樣啊！拜託你就留她下來，幫她另外想個處方，等她復元以後我一定親自送她回家。」

「謝思曼，你仔細想想自己這是在做什麼。」克雷森大夫嚴正地回答。「那孩子的病並不是光靠吃藥就能治好的。她的身體本來就不特別強壯，如果你勉強把她留在這裡，恐怕這一輩子都沒有辦法好起來。但是如果你把她送回山上，讓她呼吸早已習慣的高山空氣，吹吹令人振奮的山風，說不定很快就能夠恢復健康活潑哩！」

謝思曼先生聽完他的道理，立刻從善如流。「既然你如此建議，那我們就只好馬上照辦了；看來這也是唯一可行的方法了。」

他說著，挽住老友手臂，兩人邊散步邊進一步討論細節。等到全部商量妥當後，醫生立即告辭回家，因爲外面天色早已大亮，又是另外一天的清晨了。

13 重返阿爾卑斯高地

謝思曼先生憂心如焚地爬到樓上，走進羅丹梅小姐房間門口大力敲門，要求她趕緊起床收拾準備，因爲今天家中有人必須要遠行。雖然時間只是淩晨四點半，可是既然主人吩咐，女管家也只好憋足一肚子氣，在緊張、激動情緒交加中，七手八腳地匆忙穿好衣服。其他所有僕人一律被鈴聲叫醒，人人都以爲準是主人被鬼抓住，所以才緊急拉鈴求助，於是個個滿臉驚駭地跑下樓來，卻看見謝思曼先生正精神飽滿、神情愉快地在那兒分派各項任務，不禁驚訝得目瞪口呆。他命約翰備妥馬車，吩咐提娜去叫醒海蒂更衣梳洗，做好出門前的準備，並且指派薩巴斯汀去把海蒂的姨媽接來，另外還親自督促管家急急忙忙地爲海蒂收拾行囊。

羅丹梅小姐一心期盼能聽到主人說明昨晚抓鬼的情形，以及今天爲什麼一大清早突然要送海蒂回家等等沒人了解的眞相。可惜謝思曼先生顯然沒有心情再做進一步解釋，指示完她該給那小女孩準備些什麼以後，就馬上轉身走向女兒房間，害得她大失所望。

克萊拉早被滿屋子鬧烘烘的不尋常聲音吵醒，正眼巴巴地等待有人能夠進來告訴她那是怎麼一回事。這時父親進來對她說明昨夜發生的事，同時表明，醫生吩咐一定要送海蒂回家，因爲她的情況非常嚴重，而且很有可能更惡化。如果不馬上想辦法醫好，說不定哪天她會爬上屋頂，或是陷入類似的危險情境。

克萊拉震驚萬分，又捨不得跟海蒂分別，所以千哀萬求地想要說服父親打消計畫。謝思曼先生堅持不能不送海蒂回家，不過另一方面他也同時答應女兒，只要她現在乖乖、不要無理取鬧，等到明年夏天他一定親自帶她去瑞士探望她的小朋友。於是這溫柔的女孩只好退而求其次，請求務必要把海蒂的行李箱拿到她的房間來收拾，好讓她親眼看著有沒有把該帶的帶好，而她的父親也鼓勵她不妨挑些可愛的東西送給海蒂做紀念。

這時，海蒂的姨媽來了，謝思曼先生親口吩咐她把海蒂帶回家鄉，不料她卻萬般地推託、搪塞，找盡各種藉口，很顯然是不願接下這任務。那是因爲臨下阿姆峰前，阿姆大叔所說的話，到現在還字字留在她腦海中。謝思曼先生無可奈何，只好打發走她，又把薩巴斯汀叫來，交代他先收拾準備一下，等一下要送海蒂返鄉。他要薩巴斯汀今天先陪海蒂搭車到貝佐，晚上帶她投宿在當地一家他所指定的好旅館，等到明天再繼續動身返回她在阿爾卑斯高地上的家。

「仔細聽著，薩巴斯汀，」謝思曼先生說：「我底下所說的事，你務必要一樣一樣照做。貝佐那家旅館和我很熟，所以到了以後只要亮出我的名片，對方一定會給你們上好的房間。這時你必須先到海蒂房內把所有窗戶關好、閂上，再搬些重東西來擋，讓她絕對無法打開。等她睡著以後，你再從外面鎖緊房門，因爲這孩子晚上睡了之後會起來夢遊，住在陌生的旅館裡面說不定會走到什麼危險的地方，萬一出事、受傷那就不好了。她有可能會不知不覺地起床打開房門；你聽懂了沒？」

「噢！喔！原來就是她呀？」大管家失聲驚呼。

「沒錯，正是她！你眞是個膽小鬼，還有約翰也一樣；這話你可以告訴他去。笨哪！無緣無故嚇成那樣！」謝思曼先生奚落了他們一番，然後就轉身回房去寫信給海蒂的爺爺。

而被調侃得滿面羞慚的薩巴斯汀則暗暗嘀咕，早知如此，當初就該不顧約翰的反對，獨自去把它查個水落石出。

海蒂從被提娜叫醒，換上禮拜日穿的盛裝以後，便一直站在房間等待進一步的指示。這時謝思曼先生派人找她過去，於是她乖乖來到他的房間，問候一聲：「早安，謝思曼先生。」

「小娃兒，妳高興嗎？」謝思曼先生問她，可是她卻滿臉錯愕地抬頭仰望著他，不知該如何回答。那是因爲提娜認爲，就憑海蒂那種普通人家小孩，還不配要自己低三下四跟她說話，所以什麼都沒告訴她。謝思曼先生見了她的反應，當下哈哈笑道：

「看來妳還根本完全不曉得這件事啊。海蒂，妳今天要回家去了。」

「回家？」海蒂喃喃重複他的話尾，驚訝得張著嘴巴，呆呆地說不出半句話來。

「妳聽到要回家了不覺得高興嗎？」謝思曼先生面帶微笑地詢問。

「噢，高興！我好想好想回家啊！」那小女孩興奮得滿面通紅。

「好，很好，」他親切地告訴她說：「現在快坐下來吃頓飽飽的早餐，因爲妳很快就要出發了。」

海蒂雖然很想聽從他的指示飽餐一頓，可是情緒卻激動得連一口東西也嚥不下了。因爲對她來說，現在自己彷佛正置身在夢裡。

「海蒂，在馬車套好以前，先去克萊拉的房裡等著吧！」謝思曼先生親切地說。

海蒂早就想去找她的好朋友，這會兒聽到他的吩咐馬上拔腿飛奔而去，進了克萊拉房間以後，只見地上立著一個大大的行李箱。

「海蒂，過來看看我幫妳打包的東西。喜歡嗎？」克萊拉問。

海蒂見到那個提箱裡頭裝了好多可愛的東西，尤其等她看到裡頭還有一個裝著十二枚白圓麵包的小籃子，更是開心得跳了起來。歡喜氣氛沖淡離愁別緒，讓兩個小孩暫時忘記分手時候已經到來。

等約翰宣布馬車已經準備好時，海蒂還有幾樣自己珍惜的寶貝沒去拿出來哩！她趕緊回到房中，發現辦事細心的羅丹梅小姐已經把祖母送的故事書打包進行李箱，卻故意把她的紅圍巾遺落在房裡。她撿起圍巾挾在臂彎，戴上漂亮帽子，繞回克萊拉那邊去向她道再會。不過她們並沒有多少時間可以依依惜別，因為謝思曼先生已經站在樓下等著親手把海蒂抱上馬車了。站在樓梯中央準備向那小女孩說聲再見的羅丹梅小姐，一見她的懷中竟然抱著那條捲成一團的紅圍巾，立即動手將它搶了過來，扔在地板上。

可憐的海蒂帶著哀求的眼神望著她親切的保護人謝思曼先生，而他也看出她有多麼珍愛那條舊圍巾，於是彎下腰去把它撿起來還給她。臨分別時，海蒂開開心心地向他感謝這些日子以來的種種照顧，同時請他代替她向好心的老醫生說聲謝謝，因為她猜測得出眞正促使她能夠回鄉的應該是那位慈眉善目的老人家。

謝思曼先生一面把她抱上馬車，一面向她擔保他和克萊拉永遠不會把她忘記。緊跟著薩巴斯汀也提著她的籃子，和一大袋供他倆路上解渴止飢的食物、飲水爬進車廂來，然後馬車便在謝思曼高喊：「旅途愉快！」的祝福聲中，漸漸駛離謝思曼宅大門。

海蒂直到坐進了火車車廂，才眞正意識到自己正一程一程朝著阿爾卑斯山上的小村莊移動，知道自己很快就可以和爺爺，以及小木屋中的外婆重逢，並見到彼得和羊群。只是她也很擔心那可憐的瞎眼老奶奶，怕她會在自己離鄉背井這段期間之內與世長辭；眼前她最盼望、最盼望的事，就是把那一籃子白白胖胖、柔軟可口的小圓麵包送給她老人家品嘗哩！就在沈思默想當中，海蒂不知不覺沈沈地睡著了。

火車抵達了貝佐，薩巴斯汀叫醒了正在熟睡中的海蒂，帶她下車去找謝思曼先生指定的旅館投宿。

等到隔天早晨，兩人又再搭乘好幾小時的火車，總算來到美茵菲。

薩巴斯汀帶著海蒂下了火車，站在月臺上面，心中十分遺憾火車不能一直開進深山，害得他還得領著那個小女孩子千辛萬苦地跋涉。或許這最後一段旅程會有危險，因為在這荒山野嶺的地帶，所有景致看起來都還帶點兒蠻荒的色彩。

他左顧右盼，望見一輛套著瘦骨如柴馬匹的小篷車，車旁一名寬肩闊臂的男子，正把好幾大袋隨火車送來的東西搬到車篷裡。薩巴斯汀走近那人身邊，向他請教要上阿爾卑斯高地得走哪條路徑，碰上危險的可能性最小。在略經討論之後，他們決定先由那名男子把海蒂連同她的行李載到多福利村，再想辦法找個人來把她送回阿姆峰上去。

站在幾步開外的海蒂一字一句聽得清清晰晰，主動表示：「從多福利村到爺爺家間這段山路我很熟悉，可以自己一個人走回去。」

薩巴斯汀聽完如釋重負，就把她叫到跟前，拿出一札厚厚的鈔票和主人寫給老爺爺的信給她看，說明清楚用途之後，又把它們小心翼翼地塞到籃底，用小圓麵包蓋著，以免在半路上遺失了。

車夫本身只是村裡的麵包師傅，從來不曾見過海蒂，不過有關她的傳言卻聽過不少。他認識那小女孩子已經去世的雙親，所以一下就能猜出她大概就是曾經和阿姆大叔共同生活的小女孩。好奇的他不禁想要知道海蒂返鄉原因，於是便隨口和她交談。

「妳就是那個曾經和那個阿姆大叔住在一起的小女孩海蒂，對吧？」

「對！」

「妳爲什麼跑回來？是不是和那邊的人合不來呢？」

「噢，不，法蘭克福那一家人對我好極了，我們非常合得來！」

「那妳又爲啥要回家？」

「因爲謝思曼先生肯讓我回來。」

「噗哧！爲什麼妳不乾脆留在那邊呢？」

「因爲全世界上我最喜歡的就是和爺爺一起住在阿爾卑斯高地。」

「等妳上了阿姆峰以後，就一定不會再那麼想了。」麵包師咕咕噥噥說著，緊接著喃喃自語：「不過這還是很奇怪，還是她本來就很了解大叔的爲人了啊！」然後兩人就不再交談了。

篷車在靜默之中循著小路往上爬，兩旁夾道的樹木、遠方凌雲高聳的山峰，在在都依舊是海蒂記憶中熟悉的樣子，瞧得她好幾次眞衝動得恨不能馬上跳下篷車，拔腿狂奔上山去。馬車在鐘敲五點的時候進入多福利村，隨即便被一大群婦女、小孩團團圍住，因爲車上載的這名小乘客早已吸引住所有人的注意。

麵包師傅把她抱下車後，圍觀人群個個都七嘴八舌地向她提出問題，直把這小女孩子給嚇得面無血色，而衆人見到她驚嚇的模樣，才終於放過了她，轉而要求麵包師傅提出解答。他告訴大家，海蒂是由一名陌生男士一路陪伴著護送到美茵菲車站，並拍胸脯擔保，不管人家怎麼說，海蒂還是打從心眼兒裡深愛著她的老爺爺。

趁著大家還緊纏著麵包師傅議論紛紛的當兒，海蒂已經一個人沿著小徑向上飛奔。由於提籃沈重，加上氣喘吁吁，她每跑一小段路就得被迫停下來歇一會兒，腦海中唯一的念頭就是：「但願老奶奶還坐在她紡車旁的角落裡！噢，但願她別死掉！」

好不容易，這小女孩終於望見山坳邊的小木屋，一顆心開始緊張得怦怦亂跳。跑得越快，心臟就跳得更加急促，不過總算還是讓她跑到小屋門口，顫抖著推開大門，直衝進房屋中央，氣喘得說不出話來。

「噢，上帝，」角落裡傳來一個聲音：「我們的海蒂一向是這麼直衝進屋裡來的。唉，但願我有生之年還能再和她再會。是誰啊？」

「是我！是我啊，外婆！」海蒂大叫一聲，撲進她的懷中，緊緊握住老人雙手、雙臂，整顆腦袋猛往人家懷裡鑽，興奮得再也發不出半點聲音來。

在這同時，外婆同樣喜出望外，一時不知該說什麼，只是一遍又一遍地輕輕撫摸那孩子的滿頭捲髮，好久好久才終於說出：「對，對！這是海蒂的頭髮，是她惹人憐愛的聲音。噢，上帝，感謝您賜給我這莫大的幸福。」

老人失明的眼睛滑落幾滴豆大的喜悅淚珠，滴在海蒂的手背。

「眞的是妳嗎，海蒂？妳眞的又來了？」

「眞的，眞的，奶奶，您別哭，」那孩子說：「因爲我永遠不會再離開您了。現在您有一小陣子可以不用再吃那些又粗又硬的黑麵包了，瞧我給您帶什麼來啦！」

她從籃中把小白麵包取出，一個一個擱在奶奶的腿上。

「啊，孩子，好棒好棒的禮物啊！」老奶奶高喊。「可是妳本身才是我最棒的一份禮物呢，海蒂！」說著又疼愛地輕輕撫摸那小女孩的髮絲和飛紅的雙頰，央求她：「再說點什麼，好讓我聽聽妳的聲音呀！」

正當海蒂準備開口的時候，彼得的母親走進小屋，詫異得大叫：「噢，是海蒂，是海蒂啊！

這怎麼可能？」

海蒂連忙站起來和她握手，並對愣愣盯著自己漂亮衣裳、時髦衣帽，好一會兒回不過神來的她說：「這頂帽子送給您吧，我不想要了；舊的那頂我還留著呢！」說著便扯出她那一頂皺巴巴的舊草帽。這孩子到現在還記得爺爺對於娣塔那頂翎毛帽子的批評，所以始終小心翼翼地保存自己原來的帽子。

布莉姬姐經過幾番推辭之後，終於在海蒂的堅持之下收下翎毛帽。

這時海蒂忽然動手脫掉漂亮洋裝，圍上她的舊圍巾，然後握著外婆的手告訴她：「再見，外婆，我現在必須回家見我的爺爺了，不過明天還會再下來看您。晚安，外婆！」

「噢，拜託妳明天一定要再來喲！海蒂。」老婦人緊摟著她請求地說著；布莉姬姐也問：「妳為什麼要脫掉那身漂亮的衣裳呢？」

「我寧可就穿這樣子回家，免得他像您剛才一樣認不出我來。」

布莉姬姐送她走出大門，語帶玄機地說道：「其實妳再怎麼盛裝打扮他都一定認得出妳，所以妳剛剛實在不該將它脫掉。還有，孩子，回去以後，凡事務必謹慎些，因為聽彼得說他現在一天到晚都緊繃著臉，火氣好像很大，而且從不跟人說話。」

可是，海蒂卻不以為意，說聲再見之後，便挽著提籃大步走在小徑上。夕陽餘暉遍灑在眼前碧綠的草地，海蒂每走幾分鐘路便要回頭張望一下背後的山色。忽然就在她的一次回眸中，連在最生動鮮明的夢中都不曾出現過的輝煌畫面撞入她眼簾。那稜岩巉立的尖峰沐浴在紅彤彤的光線下，一座座有如烈焰在往上竄；雪白的冰原敷上一層濃豔豔肥紅，染著紅暈的雪朵片片飄浮頭頂上；草原披上金衣，腳下的山谷也迷迷濛濛輕籠著金霧。

海蒂驚喜之餘，呆呆佇立原地，晶瑩的淚水猶如斷線的珍珠沿著雙頰滾滾往下滑。她雙手交握，仰望長空，感謝上帝帶她回家鄉，感謝祂為自己保留壯觀的山群——內心歡樂洋溢的她，幾乎找不出任何適切言語來表達自己對祂的讚頌。漸漸地，火紅的夕陽斂去它耀眼的光芒，海蒂這才依依不捨地繼續踩著小徑往阿姆峰頂走去。

她腳步飛快，沒過多久，三棵針樅樹便首先進入她的視線範圍，緊接著——屋頂，最後整座小屋終於出現在眼前。遠遠地，她望見阿姆大叔坐在長板凳上抽著菸斗，三棵樅樹的枝葉在黃昏微風中輕輕搖曳、擺盪，發出沙沙的細響。

海蒂加緊腳步，快步走到屋前，撲進爺爺懷抱中，摟著他緊緊地互相擁抱。情緒翻騰中，她什麼話也說不出，只是一迭聲地聲聲呼喚著：「爺爺！爺爺！爺爺！」

老人同樣默默無語，可是卻早已淚溼眼眶。最後他終於鬆開海蒂雙手，把她抱到大腿上，仔細端詳一陣，然後說：「妳為什麼跑回家來了，海蒂？為什麼？妳看起來並沒有染上都市味道。

是他們不要妳了，所以才把妳給送回來嗎？」

「噢，不，爺爺，您誤會了。他們每個人都對我很好很好；不管是克萊拉、謝思曼先生，或是老奶奶。可是爺爺，我眞的常常覺得再也沒有辦法忍受和您分開生活了！我覺得喉嚨好像哽著東西，快要不能呼吸；我不能告訴人家，因爲那樣做太忘恩負義了。忽然，有天早上謝思曼先生一大清早就叫我起床。我想那一定是醫生造成的——不過原因可能記在這封信上。」海蒂說著將籃子裡的信和整疊鈔票一起放到爺爺的大腿上。

「這是妳的。」爺爺把那一整札鈔票擱在一旁，讀完了信，收進自己口袋裡。

「妳想不想陪我喝點羊奶呢，海蒂？」他一面走進小屋，一面交代：「把錢收好；那些夠妳買一張好床，外加好幾年穿的衣服。」

「我才不需要呢，爺爺，」海蒂語氣堅定地說：「我已經有床，而且克萊拉送給我的那些衣服也多得夠我穿整整一輩子了。」

「拿著它，收進櫥櫃裡去吧，將來妳會用得著的。」

海蒂聽他的話把錢收進櫥櫃，開始繞著整間小屋手舞足蹈，重見所有和她闊別已久的心愛寶貝。她手腳靈活地爬上廄樓，卻失望萬分地大聲嚷嚷著：「噢，噢，爺爺，我的床不見啦！」

「很快就會又有一張的！」爺爺仰頭對她高呼。「我怎麼曉得妳還會回來呢？快先來把妳的羊奶給喝了。」

海蒂爬下短梯，坐上她的老坐位，迫不及待地抓起她的杯子，一口氣咕嚕嚕地灌光杯中的羊奶，彷彿那是她這一輩子喝到最香最醇的東西，喝完還說了句：「爺爺，我們家的羊奶是全世界最好喝的。」

這時她猛然聽到一聲尖銳口哨，連忙拔腿衝出屋外，只見彼得正趕著他的整批羊群爭先恐後地跑下山。海蒂奔上前去迎接那個男孩，結果卻使他兩腳像釘了釘子似地呆立在原地，傻傻盯著她看。緊接著，她又馬上衝進那些老朋友羊群中，而牠們也並沒有把她遺忘。思凡麗和芭莉開心得咩咩直叫，所有的羊兒都朝她擠過來。海蒂樂不可支，一下摸摸小雪蚱蜢，一下拍拍梅花雀，小小的身軀在羊群簇擁中，一會兒被推往東，一會兒又被擠向西。

「彼得，你爲什麼不下來跟我說聲晚安？」海蒂高喊。

彼得總算回過神來，大叫一聲：「妳回來了？」然後就握住海蒂伸長的手，問她：「明天要不要跟我一起上山？」就好像她從沒離開過一樣。

「不，明天我必須去探望奶奶，不過後天也許可以。」

那一天，彼得的羊群教他吃足了苦頭，牠們老是沒走幾步就跑回海蒂身邊，不肯乖乖跟他走，直到海蒂把芭莉、思凡麗帶進羊棚、關上了門，羊朋友們才不得不放棄。

海蒂回到屋內，爬上廄樓，發現那裡已經有張淡淡草香、才剛鋪好的床在等著她。那一夜，她睡了好幾個月來最香最濃的一場好覺，只因那長期以來一直在她內心熊熊燃燒的渴望已經得到滿足啦！半夜裡，老爺爺總共從他臥鋪爬起來不下十餘次，每次都側耳聆聽她那均勻的酣息。為了怕月光照到她的臉上，擾亂孩子的睡眠，他特地抱了一大堆乾草把四壁的窗戶都遮住。幸好已經看過火紅山嶺、聽見風吹樅樹沙沙聲音的海蒂，這一整夜裡都睡得十分安穩。

14 教堂鐘響的禮拜日

海蒂站在樹梢臨風搖擺的樅樹群下，等待爺爺從小屋出來。他已經答應要趁海蒂探望老奶奶的同時，到村子裡去替她把行李給領回家。那孩子眼巴巴渴望著早點兒再見到她，好親耳聽聽她有多喜歡那些小圓麵包。

當天是週末，爺爺一早起來就開始打掃小屋，沒多久就已經可以出發了。

祖孫兩人來到山腰間的小屋門口後，海蒂進了屋內，聽見外婆用慈愛的聲音喊著：「孩子，妳又來了嗎？」

她執起海蒂的手，緊緊、緊緊地握著，告訴這位小訪客說小圓麵包是多麼好吃，使她覺得元氣恢復不少呢！布莉姬姐更進一步表示，奶奶因爲太怕一下子就把麵包吃光，所以從昨天傍晚到現在才只單單吃了一個而已。始終全神貫注聆聽她倆講話的海蒂，腦海中突然靈光一閃，對老婆婆說：「我知道我該怎麼辦了，外婆。我可以寫封信去把這件事情告訴克萊拉，那麼她鐵定會再寄一大堆圓麵包給我的。」

可是，布莉姬姐卻說：「多謝妳的好意，可惜麵包卻是一種擱不了三天就會硬掉的東西。其實，只要我的身邊能有幾分零錢，就可以從村子裡的小麵包店買到柔軟的白麵包。只可惜我們只買得起那種價格便宜的黑麵包，不然他們也有烘焙白麵包來賣哩！」

海蒂眼神陡然一亮，高聲歡呼：「噢，外婆，我有好多好多的錢不知道該怎麼用，現在我曉得了。您一定要每天都吃一個新鮮的小白麵包，禮拜天必須吃兩個。妳們可以吩咐彼得順路從村子裡頭買上來。」

「不，不行啊，孩子，」外婆乞求她說：「我絕對不能夠這樣做。妳必須把錢交給妳的爺爺，讓他來教導妳怎樣使用、處理。」

可是，海蒂根本沒在聽她說什麼，只顧滿心喜悅地在整個小屋裡蹦來蹦去，一遍又一遍地高喊：「現在外婆每天都能吃到一個小圓麵包，身體一定會變得又強又壯，」然後驀然一個開心的念頭又鑽進她的腦袋：「說不定哪天等您夠健康強壯以後，眼睛也會跟著恢復光明了呢！」

外婆默默無言，捨不得去掃那小女孩的興。這時海蒂瞧見書架上的舊讚美詩集，於是主動提議：「外婆，我來朗頌一首您書中的讚美詩給您聽好嗎？」頓了一下又說：「我可以唸得很棒哩！」

「噢，好啊，孩子，請妳一定要唸。妳眞的能夠看得懂讚美詩了嗎？」

海蒂爬上一張椅子，從書架當中取下了那本封面蒙著一層厚厚塵埃的聖歌集，小心翼翼地擦拭乾淨以後，坐到一把板凳上。

「唸哪一首好呢，外婆？」

「隨便妳挑哪一首。」老奶奶回答。

海蒂翻動書頁，發現其中有一首關於太陽的詩歌，於是決定選擇它來大聲朗誦。外婆雙手抱在胸口坐在椅子上，邊聽海蒂越唸口氣越真摯熱烈的吟咏，淚水邊沿著蒼老的雙頰滾滾滑落，可是臉上卻同時洋溢一抹言語無法形容的幸福光華。就在海蒂反覆吟咏最後一節幾遍後，老奶奶突然高聲感歎：「噢，海蒂，我覺得我的心情好輕快，萬事萬物彷彿又都變得一片光明！謝謝妳，孩子，妳帶給我莫大的助益。」

海蒂凝視老奶奶臉上那滿面愁苦漸漸被嘴角、眉梢的笑意取代，仰著頭，滿含感激，彷彿已經可以親眼看見詩中所描述那美得醉人的天堂花園，不知不覺瞧得出了神。

不久，她們聽見爺爺在門外輕叩窗板，因為已經該是動身回家的時候。海蒂趕緊起身告辭，並向老奶奶保證，從今天起，每天都會過來探望她；上午她要隨彼得到牧場去，可是過了中午一定會早早趕到他們家，因為錯過一次讓外婆心情輕鬆愉快的機會，可會讓她遺憾好久好久呢！布莉姬姐拼命勸服海蒂要把昨天脫下的漂亮服裝帶走，於是那小女孩便把它挽在小手臂上，跑出來見了爺爺，一路走，一路告訴他剛剛發生的所有事情。聽到她打算每天購買小圓麵包送給老奶奶，爺爺勉勉強強回答說可以。

海蒂一聽高興得跳了起來，大叫：「噢，爺爺，現在外婆再也不用吃那些又硬、又沒滋味的黑麵包了。噢，如今一切一切都是多麼美好啊！要是當初上帝一下子讓我的禱告都應驗，那我一定早就回家了，也不可能帶那麼多的小圓麵包給外婆呢，而且更不可能學會讀書。奶奶告訴我說，上帝會爲我們做我連做夢都想不到的最好安排。從現在起，我要按照奶奶教的那樣天天做禱告。要是上帝沒有賜給我我所祈求的東西，那我將永遠記得這一回祂是如何讓所有的事都有了最好的結果。我們每天都來禱告好嗎，爺爺？不然上帝恐怕會把我們忘了。」

「那麼如果有人眞的忘記禱告了呢？」老人喃喃低語。

「噢，那他一定會過得很糟，因爲上帝也會遺忘了他呀！就算他可憐兮兮、又悶悶不樂，人們也不會同情那個人，因爲他們會說：『是他背棄了上帝，所以現在唯一能夠幫助他的上帝，也不會對他施予憐憫。』」

「眞的嗎，海蒂？是誰告訴妳的？」

「這些道理全是奶奶解釋給我聽的。」

爺爺沈吟了片刻，才開口說道：「沒錯。不過一旦事情已經發生，那就再也無法補救了；因爲如果上帝已經遺忘某個人，那他又怎麼能夠重回祂的心中呢？」

「可是爺爺，奶奶說每個人都有辦法重新受到祂的關懷呢！除了奶奶，我的故事書上也有一則像這樣的美麗故事。噢，爺爺，您還不曉得那個故事哩！等到回家以後我就馬上唸給您聽。」

爺爺背上揹著一個好大的籃子，其中一半裝著海蒂的行李。山路太陡，籃子又重，爺爺走得氣喘如牛，所以一回到小屋，他便趕緊卸下背後重擔，坐到已經準備好開始朗讀故事的海蒂身旁。那小女孩用她活潑生動的口氣，流暢地唸出書上的情節。書中的浪子原本快快樂樂在自己家中，陪著父親一同放牧牛羊。插圖中的他正手拄牧杖，仰首觀看滿天的落日殘紅。

「忽然間，他眞想拿了屬於自己日後應該繼承的財產，自立更生，闖出屬於他的一片天下。於是他向父親要了大筆金錢，從此離開他的家。沒有想到，不久之後，所有財產已經被他揮霍一空，於是他只好到一名農夫手下去當雜工了。這名農夫和他不同，養的是市價低廉、飼養環境髒臭、照顧起來又很麻煩的豬。浪子落得衣衫襤褸，吃的食物也是和豬一樣的糙糠。他時常想起那被自己遺棄的老家是多麼美滿，留在家鄉的父親又是多麼慈愛，可是自己卻無情無義地跑出來；想來想去，內心悔恨交加，恨不得能馬上飛奔回家去。他情不自禁痛哭一場，暗暗下定決心：『我要回到父親面前，請求他的原諒。』終於，他一步一步走近老家，而他的父親也跑到門外來和他相見——」

「您想，這時會發生什麼情況呢？」海蒂問。「您一定以爲那個父親會怒氣沖沖地責備：『我不是早說過了嗎？』可是您聽，書上說：『這位父親見到了他，心中早就湧起無限的憐愛，三步併做兩步跑上前來擁抱形容憔悴的兒子。兒子則對他說：「父親，我違背上帝，違背了您，這樣的罪使我再也不配被稱爲人子。」但父親卻告訴家中僕人：「去拿最好的外衣爲他穿上，替他套上戒指，並穿好鞋子。再去牽頭肥犢宰殺烹調，大家高高興興地享用：因爲今天吾兒死而復生，迷途而知返。』於是，他們便開始歡天喜地舉行慶祝會了。

「爺爺，這個故事眞美，不是嗎？」海蒂問她一語不發坐在身旁的爺爺。

「對，海蒂，眞的很美。」爺爺這麼回答，只是口氣異常嚴肅，不知原因何在的海蒂只好安安靜靜看著圖畫。「您瞧他是多麼快樂啊！」她指著畫中的回頭浪子說。

幾小時後，老人爬上梯子，放盞燈在已經熟睡的孫女身旁，默默端詳她好久好久。她的兩隻小手交握，擱在胸前，紅撲撲的小臉蛋上流露出一股信賴、安詳。

老人不知不覺也合起雙手，握在胸前，低聲禱告：「父啊！我違背上天與您的旨意，我不再配被稱爲人子！」兩行熱淚沿著雙頰潸潸而下。

隔天一早，只見大叔站在門外，環顧四周高山和深谷。遠處山下傳來幾聲晨鐘，還有鳥雀啁啾的鳴唱。他轉身折回屋內，高喊：「海蒂，起床！太陽已經爬上天空，妳快穿上一套漂亮服裝，因爲我們要去教堂！」

海蒂從沒聽過爺爺這樣喊她起床，於是急忙照他的話換上典雅的小禮拜服，爬下短梯，猛然鼓著兩隻大眼尖叫：「噢，爺爺，我從沒見過您穿這種有銀色鈕釦的正式服裝哩。噢，您看起來是多麼高貴啊！」

老人面露微笑，扭頭對著她說：「孩子，妳看起來也好棒；走吧，我們快下山去！」然後牽起她的小手，一起優哉遊哉地走到村莊，聽見鐘聲回音響得更響、更宏亮。

「噢，爺爺，您聽見了嗎？感覺眞像在辦一場好大、好豪華的盛宴啊。」小海蒂說。

兩人進入教堂時，所有的教友都正引吭高歌讚美詩。雖然這對祖孫悄悄坐在最後一排，還是惹來衆人注目，彼此交頭接耳地傳遞這空前未有的大事。牧師的佈道內容充滿感恩和關愛，深深打動在場每一個人的心靈。整場禮拜儀式結束以後，老人便帶著海蒂來到牧師宿舍，而對方也早就開啓大門，等在那兒向他倆親切地致意。

「我必須爲上次向您說的刻薄話向您致歉，並請求您原諒。」阿姆大叔說：「現在我想聽從您的建議，在冬季來時搬進村莊，和鄉親們共同生活。就算大家對我有所懷疑也是理所當然的。我不會生氣。不過我相信牧師先生您絕對不會那樣對我的。」

牧師和善的雙眸閃動著喜悅的光芒，大力稱讚大叔的改變，然後摸摸海蒂的頭髮，親自將他倆送到門口，並親切地握手道別。

原本聚在門外議論紛紛的村民，個個都見到這一幕。牧師宿舍的門都還未完全關好，大家便圍攏上來，主動和他握手寒喧，對於老人的決定似乎都感到很高興，其中幾位甚至一路陪伴著他走向歸途。出了村口，大家揮手作別。

阿姆大叔目送他們背影逐漸遠離，臉上升起一抹由內心煥發出來的光輝。

海蒂仰頭凝視著他，說了一句：「爺爺，您現在的樣子看起來比什麼時候都好看、都更優雅呢！」

「真的嗎，孩子？」他莞爾一笑，告訴她：「海蒂，能跟上帝、跟人們平心靜氣、和好往來的感覺太愉快啦；我得到好多自己不配擁有的快樂。上帝一直對我很好，所以才會再把妳送回我的身邊。」

來到彼得家的小屋門前時，爺爺推門而入，並開口大聲招呼：「妳好嗎，外婆？秋天就快到了，我想我們得趕緊趁起秋風前，再來修一修這間小木屋了。」

「噢，上帝，是大叔哪！」外婆喜出望外地驚呼：「太好了，大叔，我總算能有機會向你當面致謝，感謝您對我們一家的幫忙。大叔，謝謝您，願上帝保佑您的好心腸。」

說著便伸出微微顫抖的手來，興奮地與他握手，並接著表示：

「另外，我還有件事一定要說。大叔，如果說我曾有任何傷害到您的地方，請您寬恕我。千萬別在我這把老骨頭還沒埋進土裡的時候又把海蒂送到別處，作爲對我的懲罰。您絕不曉得這小女孩對我的意義有多麼重大。」她邊說，邊緊張地摟住小海蒂。

「放心吧，奶奶！我也希望從今以後日日月月，都能有她陪伴我共度餘年。」

這時布莉姬姐取出海蒂的翎毛帽子，捧到老人面前，請他帶回去。不過他卻表示，既然海蒂已經把它送給她了，那就請她安心地收下。

「瞧這孩子去趟法蘭克福回來，帶回多大的收穫，」布莉姬姐說：「我時常懷疑是不是也該把我們家的小彼得送走。大叔，您認爲呢？」

大叔眼中閃動著打趣光芒，回答：「當然，我相信那對彼得不會有啥壞處，不過總是得要等到適當的時機。」

不一會，彼得像陣急驚風似的，手拿一封村裡人託他代送的書信衝進屋裡來。是海蒂的信！哇，這可是一件大事呢！大夥兒全圍坐桌旁，靜靜聆聽她朗讀信中的內容。寄信的人是克萊拉．謝思曼。她說，自從海蒂回鄉以後，家裡就變得單調乏味，不管做什麼事都覺得很無聊。父親看她快受不了那種生活，所以答應今年秋天一定會把她帶到雷格茲。到時奶奶也將同行，因爲她們都很想見海蒂，並且順道探望她爺爺。另外，小圓麵包的事她也從家人口中聽說了，因此特地又寄了些咖啡過來，好讓外婆有合適的東西搭配著品嘗。除此之外，奶奶更堅持來的時候要再親自帶一些過來。

海蒂知道這個消息高興得笑逐顏開，緊接著提出一大堆的計畫和問題，大夥兒七嘴八舌，討論得連爺爺自己都無暇注意到時間有多晚了。這快樂的一天促成他們兩家人感情彼此緊緊相繫，也使得老婆婆在臨分手前有感而發地說：「大叔啊，經過這麼多年時間還能再握到老朋友的手，實在是全天底下最美好的事；尤其是能夠重溫多年以來大家珍惜的友誼，更是我莫大的安慰。希望您會很快再過來。至於海蒂；妳明天也一定會過來吧，孩子？」

阿姆大叔祖孫雙雙答應一定會照她的期望做，然後彼此攜手踏上歸途。祥和的教堂晚鐘聲聲陪伴他倆的足跡。在晚霞滿天中，兩人回到自家門前，發現整座小屋正沐浴在絢爛的紅光裡。

第二部

海蒂善用所學的事物

15 行前準備

九月裡，豔陽天，克雷森醫生徐徐走在紅磚道上，一步一步接近謝思曼大宅。儘管身邊的一切景物都顯得那麼亮麗、有生氣，他還是一路低垂著頭，不曾仰望蔚藍的萬里晴空一眼。曾經好心強迫謝思曼先生把海蒂送回群山懷抱、讓她和家人團聚的他，在幾個月前喪失了自己唯一的女兒，從此以後鎮日裡深鎖著愁眉，原來只是摻雜幾許銀絲的頭髮，也已迅速轉爲全白。

醫生早年喪偶，如今正值花樣年華的獨生女兒始終是他心肝寶貝，也只有她才能夠帶給他最大的喜悅。沒想到，沒想到她卻年紀輕輕就離開人間，使得向來笑臉迎人的醫生從此掉入哀傷的深淵裡。

薩巴斯汀打開大門，深深一鞠躬，誠心誠意地歡迎醫生的到訪。因爲那平易近人的老醫生向來不管走到哪兒，都很樂意和人交朋友。

「太好了，醫生，眞高興你肯過來。」謝思曼先生大聲招呼。「有關瑞士之旅的這件事，拜託，我們再商量一次看看好嗎？既然現在克萊拉的情況已經大有改善，你難道就不能改變初衷，贊成她去嗎？」

「謝思曼，我簡直不知該怎麼說你才好。」大夫邊落座邊說。

「要是令堂人在這兒就好啦！又很明白事理，又什麼話都很能溝通。這已經是你今天第三次把我叫來，結果討論的還是同樣一件事。」

「是啊，你一定覺得好煩啊！」謝思曼先生拍拍老友肩膀，代表他的歉意。「只是這趟旅行我實在很難開口拒絕克萊拉。要知道，當初是我親口承諾要讓她去的，而且這幾個月來，她也一直在殷殷期待能早日成行。所以不管身體多差、治療多麼辛苦，她都咬著牙硬撐，就只盼望能去拜訪她在阿爾卑斯山上的小朋友。我眞不願奪走她這一份樂趣。畢竟那可憐的孩子從小就受那麼多的罪，而且幾乎每天都只能關在家裡，生活可以說是一成不變。」

「可是，謝思曼，你非拒絕不可啊！」醫生進一步分析整個利害關係給他聽。「仔細想想，克萊拉今年夏天的情況鬧得有多嚴重？她的病勢從來沒有這樣來勢洶洶過，所以就算已經漸漸康復，我們也不能冒萬分之一的險。記住，現在已經是九月天了，阿爾卑斯山上雖然還不到下雪的季節，但畢竟也該起了寒意啦！白晝愈來愈短，加上如果說還得回雷格茲過夜的話，那每天就只能在山上逗留短短幾小時。而另外單是要從雷格茲把克萊拉載上山一趟，同樣也得花上幾小時的時間呢！你自己考慮看看也該知道根本行不通！不過，待一會兒我會陪你進去跟克萊拉解釋，到時候你自然會明白她是多麼懂事的一個小孩。現在換我來說明我為明年五月擬訂的計畫吧！我建議你不妨先把令嬡送到雷格茲去泡幾天溫泉，等山區氣候轉暖後，再經常讓她搭乘馬車到阿姆峰上去。到那時候她身體一定養得比現在結實多了，也一定比現在能充分享受旅遊的樂趣。你別忘啦，如果說我們眞的是希望她的情況能有所進展，那麼最重要的就是務必做到步步小心，處處謹愼！」

謝思曼先生必恭必敬地聆聽到這裡，突然插嘴發問：「醫生，請你坦白告訴我，你對她身體完全恢復健康的可能，到底還抱不抱持希望？」

醫生聳聳肩，回答：「希望不大。可是，謝思曼，想想我吧！至少你還擁有一個永遠愛你、永遠歡迎你回到家中的孩子，不是嗎？你用不著回到一座冷冷清清的屋子，孤單寂寞地坐在你的餐桌旁。你的孩子受到百般的呵護和照顧，就算命運剝奪她很多別人擁有的東西，卻也同時給了她很多別人沒有的好處。謝思曼，想想我那一間淒涼的空殼子！你已經很該感到安慰啦！」

謝思曼邊聽邊早已經站起身來，繞著屋子踱著方步；這是他每次腦子裡頭在專心思索什麼時的習慣動作。

突然，他在老友面前立定腳跟，告訴他：「醫生，我想到一個主意。我實在不願見你再這樣悲傷下去，所以你一定要暫時離開這裡。這趟旅行以及拜訪海蒂的計畫，就請你去代我們完成吧！」

醫生萬萬沒想到他會提出這麼一項建議，連忙搖著雙手想推辭。然而謝思曼先生根本沒有心情管他那麼多，一把拖住老友就往女兒房間走去。

從小到大每次來看克萊拉時必定講些有趣，或勵志故事鼓舞她的克雷森醫生，是那女孩十分敬愛的對象。見他一下蒼老許多，克萊拉的心情也非常難過，更由衷盼望他能早日重拾往日的笑容。兩名男士進了屋內，克雷森和那少女握握手，然後兩人各拉一把椅子坐到她床沿。謝思曼先生首先談到他有多麼遺憾這次旅行不得不取消，不過馬上又緊接著提出他的新方案。

克萊拉眼眶溢滿淚水，但卻勉強忍住不落淚。因爲她很清楚父親不喜歡見到她哭，除此之外，如果不是絕對必要，他也不至於硬要她放棄這趟期待已久的旅程。於是她勇敢地忍淚吞聲，輕摸著醫生的手懇求：

「噢，醫生，求求您一定要去看海蒂！等您去過以後，就可以告訴我她現在好不好，每天都做些什麼，還可以形容阿姆爺爺的樣子給我聽。除此之外，還有彼得，彼得的羊群……總之，我覺得對他們都好像已經熟得像身邊的人一樣了。而且您還可以把我本來計劃要自己帶去的東西全都帶過去給她。噢，求求您，去吧。只要您肯答應，我一定會很乖很乖，您要我吃多少鱈魚肝油，我就吃多少。」

不曉得是不是這項承諾，左右了醫生的決定。

總之，他面帶微笑地回答：「看來我是非去不可嘍，克萊拉！因為如此一來，妳就會像令尊所期望的一樣長胖、長壯。妳決定好我必須在哪天出發了嗎？」

「噢，您最好明天就去，醫生。」克萊拉鼓吹。

「她說得對。」做父親的也附和：「眼前正是秋高氣爽的季節，阿爾卑斯山上是秋陽高照、涼風頻吹的大好時光，你可是一天也不容再錯過了。」

醫生忍俊不住，開口大笑。「你們何不現在就攆我上路算了？好吧，我就盡快出發，謝思曼。」

克萊拉託了一大堆話要他代為轉達給海蒂，又千叮萬囑地請他務必仔仔細細觀察每一樣事物，這樣他回來之後才有辦法再告訴自己。至於打算給海蒂的東西則必須等晚一點再派人拿到他那邊去，因為負責打包的羅丹梅小姐現在正在外頭散步哩！

醫生擔保一定完全滿足克萊拉所願，趕在明天就成行。

克萊拉拉鈴召來女傭，取出一個好幾天前就特地準備起來的紙盒，吩咐她：「提娜，請妳去裝一大堆新鮮鬆軟的咖啡糕點來。」

提娜接過盒子，嘀嘀咕咕抱怨著走出房間：「哼，淨是會做一些無聊的傻事！」

湊巧聽到他們部分談話內容的薩巴斯汀，也趁醫生臨走之前託他代爲向小小姐（他對海蒂的稱呼）問好。醫生滿口答應，隨即急急忙忙準備回家去收拾行李，沒想到才一出大門，就和因爲外面突然起風而只好提前結束散步回來的羅丹梅小姐碰個正著。那穿在她身上的一襲偌大斗篷，被風一吹就像張滿在桅桿兩側船帆，飄飄地往後風吹揚。他倆都禮貌地各退一步，準備禮讓對方先通過。

就在這時，一陣狂風猛然直撲管家背後，把她整個人推向幾乎閃避不及的醫生。這椿突如其來的小小意外，惹得羅丹梅小姐的脾氣大受影響，幸好全世界上最受她尊敬的克雷森醫生及時安慰她一番，並告訴她說明天自己就要上阿爾卑斯山去探望海蒂了，懇請她去把那些只有她才能整理得妥貼的禮物打包一下。

克萊拉本來以爲羅丹梅小姐一聽說她送的禮物內容一定會反對這個、反對那個，結果她卻默默順從，連一句牢騷都沒發，便迅速把所有物品打包成一件整齊好帶的行李，反倒讓她驚奇得簡直不敢相信。

這些禮物分別是：第一，一件本來是克萊拉預備在今年冬天穿去拜訪奶奶的連帽厚外套，現在乾脆送給海蒂。其次是要讓她轉贈給外婆的一條溫暖圍巾，以及那一大盒咖啡點心。緊接著還有送給彼得媽媽的一條特大號臘腸，和一小袋送給爺爺的菸草。最後便是一堆事先已經包好、封好、誰也不知道究竟裝著些什麼的神祕小包裹、小紙盒，這些全是克萊拉幾個月來特地爲海蒂保留蒐集的。

克萊拉眼見那一整包擱在地上的行李，想到她那親密的小朋友瞧見它們時眉開眼笑的模樣，心頭不禁也輕飄飄地高興起來。

這時薩巴斯汀來到她的房間，毫不遲疑地扛起那一大包包裹，出了大門，直接朝著醫生的寓所方向走去。

16 阿姆峰上的佳賓

高山上，天剛破曉，群峰染上淡淡的紅暈。舒爽的晨風輕掠而過，吹動老針樅樹梢一陣微微的晃搖。那沙沙的枝葉抖瑟聲每天都聽得海蒂心情大爲激盪，這時它更喚醒了她，令她愉悅地張開雙眼，一骨碌兒忙著起床更換好整潔衣裳，梳好睡亂的頭髮，然後爬下短梯，發現爺爺人不在床上。

海蒂跑出屋外，看見爺爺正仰望長空，觀察今天一天會是陽光普照或是狂風大作的日子。淡紅的雲朵冉冉飄過頭頂上方，不過隨即天幕便愈來愈高，天色也愈來愈藍。很快地，一道金光劃過整片高地，惹得海蒂情不自禁要驚歎：

「噢，好美啊！爺爺，早安。」

「喂，有沒有讓妳看得陶醉了啊？」爺爺遙指著東方天際燦爛的朝陽問。

海蒂拔腿跑到她心愛的樅樹群下，繞著樹幹手舞足蹈，聆聽山風穿枝打葉的聲響。

阿姆大叔把兩頭山羊全身刷洗乾淨，擠好羊奶，再牽牠們出羊棚。

海蒂輕撫這兩位好朋友，而思凡麗和芭莉也撒嬌似地直往她的身上挨，一邊一隻，推推攘攘，只差沒把她給擠成一片夾心餅乾。

偶爾芭莉實在鬧得太兇，海蒂就會嗔怪一聲：「噢，芭莉，你怎麼學起大暴君的壞榜樣，那麼用力撞人呢？」如此一來，牠便會乖乖安分下來。

沒多久，彼得趕著整群羊兒上山來，生性活潑搗蛋的梅花雀一馬當先跑到最前面，不一會兒海蒂已經被牠們推來擠去，圍在正中央。想和海蒂說說話的彼得等得心焦，乾脆大聲吹聲口哨，催促羊群繼續往更高的山頭奔跑，然後走近她的身邊，帶著責備的口氣對她說：「妳今天眞的應該可以和我一起上山啦！」

「噢，彼得，那不行，」海蒂回答：「他們隨時都有可能從法蘭克福過來，我一定要在家裡等著。」

「妳每天都這樣說。」牧羊童抱怨。

「我是認眞的！難道你當眞以爲我會希望好不容易他們才從法蘭克福來了，而我卻不在家裡嗎？彼得，你是不是眞的那麼想呢！」

「反正有爺爺在啊！」彼得高聲咆哮。

這時屋內傳來爺爺鏗鏘有力的問話：「大軍爲啥還不前進？是陸軍元帥的責任，還是部隊不服從命令？」

彼得一聽，連忙轉身趕著羊群上高地去了。

自從海蒂返鄉以後，她做了很多以前從不曾想過該做的事。比方說，她會每天早上整理床鋪，打掃內外，揮撣灰塵，把桌椅抹得乾乾淨淨、光可鑑人，瞧得爺爺忍不住要說：「現在我們每天都像在過禮拜天一樣；總算海蒂到法蘭克福去住那麼久的時間沒白費工夫。」

這天吃完早餐以後，海蒂同樣辛勤地開始忙碌起來，只是外面天氣實在好得讓人沒法老是待在屋內，使得她花費了比平常更久的時間。那燦爛的陽光一次又一次在對忙碌的海蒂招手，讓她怎捨得不趕快跑到屋外？因此她每打掃一小陣子，便忍不住跑到外面去，坐在又乾又硬的泥土地上環顧四周、俯瞰山谷，等不一會兒又猛想起自己那些小小的職務，這才又急急忙忙回到屋裡。

只是每次工作不了多久，那呼呼——沙沙——的風吹枝葉的聲音，便又把她引誘出屋外。爺爺自始至終都窩在他的小工具間內，敲敲打打、修補家中用品，只在每隔一段時間回頭瞄她幾眼。突然間，他聽到她在大叫：「噢，爺爺，您快來呀！」

他嚇了一大跳，慌慌張張跑了出來，看見那小孩正一面衝下小徑，一面狂呼：「他們來了，他們來了！醫生走在最前面。」

等她終於衝到這位年長朋友面前時，醫生立即伸出右手來讓她緊握住。那興奮得整顆心怦怦亂跳的女孩大聲問候：「您好嗎？醫生？我眞是太感激、太感激、太感激您啦！」

「海蒂，妳好不好？爲什麼一見面就直對我謝個不停呢？」醫生含笑地詢問著。

「因爲是您讓我又能回家來的。」

醫生聽了一掃臉上陰霾，神色明朗得有如遍地的陽光。他怎麼也沒想到會在阿爾卑斯山上受到這般熱烈的歡迎。相反的！哀傷的他打從踏上登山小徑的那一秒鐘起，就根本不曾留意過周遭的美景，甚至十分篤定地以爲，海蒂一定早就不記得他了，更深信注定要令她大失所望的自己，準會受到冷冷淡淡的對待。

這時，他發現小女孩仰望著自己的眼神竟充滿了敬愛和感激，而挽著自己臂彎的手也始終緊緊不放。於是，他十分欣慰地告訴她說：「來吧，快帶我去拜會妳的祖父，因爲我好想看看妳居住的地方。」

他就像慈父一般地牽起海蒂小手，可是她卻一步也沒移動，只顧踮著腳尖，瞭望底下的山坡。「克萊拉和奶奶呢？」海蒂問。

「孩子，現在我不得不告訴妳一件我深深引以爲憂，同時也必定會惹妳擔心的事。」醫生回答：「我之所以一個人來到這裡，是因爲近來克萊拉身體一直不很好，沒有辦法出門旅行，祖母當然也就不來了。不過春天很快就會降臨，等到白晝漸漸加長，天氣也轉溫暖後，她們一定會來探望妳的。」

海蒂目瞪口呆；她無法理解這些天來她一直在腦海中想像的畫面、構思的事情，怎麼會全變成泡影。這重大的打擊令她一時反應不及，站在那兒，呆若木雞。

又過好一會兒，她才終於想到，畢竟自己是跑下小徑來迎接醫生的。於是這小女孩又仰起頭來，卻震驚地發覺他的臉上竟佈滿哀戚，完全見不著一絲笑容。他的外表和她上次見到他時是多不一樣呵！她不喜歡看到人們悶悶不樂——尤其是親切善良的克雷森醫生。她心想他一定是因爲祖母和克萊拉不能夠來，所以才那麼難過，於是寬慰他說：

「喔，反正春天不久就會再來了，到時候你們絕對會來看我，而且反而能停留得更久，如此一來，克萊拉一定會很開心的。走，我們快找爺爺去！」

他倆手攜手一同走向阿姆峰頂。

沿途中，海蒂爲了鼓舞他打起精神，故意不斷談論明年夏天謝思曼祖孫來之後她們將要如何如何。到達小屋附近時，更是快快樂樂地大喊：

「她們還沒有來，不過就快要來了！」

爺爺熱情地歡迎感覺一點兒也不陌生的來賓；因爲自從海蒂回家以後，已經不知提起過他多少的事情。他們老少三人一同坐到屋外的長板凳上，緊接著醫生開始提起他此行的目的。

他悄悄地告訴海蒂，不一會兒，就會有人送樣遠比他本人到訪更令她開心的東西來嘍！可那究竟會是什麼呢？

阿姆大叔建議醫生，如果可能的話，不妨留在阿爾卑斯山上，度過美景如畫、令人陶醉的秋天，並且退掉他在雷格茲的宿處，改到村裡去租個小房間，方便以後每天徒步上山，好讓大叔帶他遊遍這片群山環抱的世界。醫生欣然地同意了這個計畫。

日正當中，風停息了，只有一陣微風夾帶淡淡的草香，輕輕拂過每人的臉頰。阿姆大叔站起身來回到屋內，不一會兒便連同午餐，抬著餐桌擺在長椅前，吩咐海蒂：

「進去拿碗盤刀叉，海蒂，我們今天要在這兒吃午餐。」緊接著又扭頭告訴他的賓客：「食物不豐，請多原諒。」

「能接受您這別緻的款待是我的榮幸。我相信坐在這兒吃起午餐，一定大有另一番風味。」對方俯瞰著滿山滿谷沐浴在豔陽中的景物回答。

海蒂歡天喜地跑進跑出，擺好餐具，因爲能爲她慈祥的長者服務是她莫大的喜悅。沒多久，阿姆大叔又提著熱騰騰的羊奶，端著烤過的乾酪，以及曾經掛在純淨的高山空氣中慢慢風乾、切得整齊漂亮的肉片出現在他們面前，也讓醫生享受到他這一生吃過最痛快的一餐。

「唔，我們一定要把克萊拉送到這高山上來；這會令她增進多少體力啊！」他說：「假如她能像我現在這樣胃口大開，保證絕對可以長得健康圓潤起來。」

就在此時，一名看似沿路步行上山的男子扛著一大袋子東西，出現在他們三人面前了。他卸下重擔，大口大口呼吸山上新鮮純淨的空氣。

醫生解開封口，告訴海蒂：「孩子，這是法蘭克福那邊託我替妳帶來的禮物，快過來看看裡頭都裝了些什麼。」

海蒂怪不好意思地盯著那成堆的盒子、小包裹，於是醫生索性一一爲她動手打開。當她看到那一整盒特地爲奶奶準備的咖啡點心、蛋糕，連同厚厚的保暖圍巾時，忍不住要馬上樂不可支地大叫：「噢，現在奶奶可以吃這可愛的糕點了。」然後提起籃子，把那漂亮圍巾掛在臂彎，轉身就想衝下山去送出這些禮物，慌得兩位老人趕緊勸她先把別的禮物也拆完再說。

當她發現那一小袋菸草和其他所有的貼心禮物之際，心裡是多麼歡喜呵。就在兩名男士天南地北聊得正起勁的當兒，海蒂突然站到他倆面前，說：「我很開心收到這些禮物，不過最最高興的卻是見到親愛的醫生來。」

逗得兩人相顧露出會心的微笑。

接近日落時分，醫生起身準備下山返回雷格茲過夜。爺爺也抱起整盒糕點、圍巾，和那一大條臘腸，讓小孫女兒和他們的賓客手牽著手，一同悠悠哉哉地逛下山徑。來到彼得家門前時，爺爺要海蒂先進屋去等著他。

臨分手時，那小女孩子詢問：「醫生，明天您願意和我一道兒上牧場去嗎？」

「願意！海蒂，再見啦！」

爺爺先把所有禮物堆在門口，再帶老醫生下山。這使得海蒂花費不少工夫才將那個好大的盒子和臘腸全搬進屋裡，然後把圍巾放到外婆腿上。

始終默默旁觀這一整個過程的布莉姬妲，在見到那條巨無霸型臘腸的同時，兩眼不禁瞪得發直。她這一生從未見過這麼大的臘腸，而如今竟然能夠眞的擁有一條，甚至可以親手切它哩！

「噢，奶奶，您收到這些糕點難道不覺得很高興嗎？您摸摸它們有多鬆多軟呵！」那孩子見到外婆收到冬天裡可以把她脖子圍得暖暖的圍巾，竟比得到那一盒美味可口的點心高興許多，忍不住詫異得嚷嚷起來。接著她說：

「外婆，那圍巾是克萊拉送給您的。」

「噢，那些人的心地眞好，竟然還會惦記著像我這樣一個老太婆。我做夢都沒有想到，這一生之中，居然能有機會擁有這麼棒的一條圍巾呢！」

就在這時彼得跌跌撞撞跑進屋來，報告說：

「大叔跟著我背後來了！海蒂一定——」緊接著突然呆呆張著嘴巴說不出話，兩道視線牢牢被大臘腸給鎖住了。

倒是海蒂已經主動起身向屋裡主人告辭，因爲她很清楚彼得那段沒有說完的下文是什麼。儘管最近爺爺每次經過彼得家門都會進來打聲招呼，但她也曉得今天天色實在太晚了，所以他才只是站在門外大聲呼喚：「海蒂，快，妳得趕緊回家睡覺嘍！」然後又向大家高喊一聲：「再見！」便牽著海蒂的小手，在繁星閃爍的夜空之下，踏著小徑，施施然走回他們在阿姆峰頂上寧靜安詳的小屋。

17 回報

隔天一大清早，醫生就隨彼得、羊群一同爬到阿姆峰頂上，雖然沿路上，這平易近人的老者三番四次試著找尋話題和彼得攀談，可是那小牧羊童卻頂多「嗯」或「啊」的一聲就對他不理不睬。終於大軍開來到峰頂，兩人遠遠就望見海蒂早就站在屋外等候著他們，朝氣蓬勃的她！她那兩片臉頰嫣紅得就像天邊的晨曦般。

「妳要去嗎？」彼得照例問她一聲。

「當然要，只要醫生也去。」海蒂回答。

這時爺爺手提一個袋子走出小屋，恭恭敬敬地問候他們的客人好，然後再把那個袋子掛到彼得肩上。從它沈甸甸的重量來判斷，今天裡面裝的東西應當特別的多。

大隊重新出發以後，海蒂沿路都得不斷催促那些老愛擠在她身邊的山羊趕快向前跑，好不容易才總算能夠不受干擾地走在醫生身旁，開始一一說明每隻山羊的習性，細數牠們所搗蛋過的每一次亂子，又對他詳盡介紹途中見到的各種野花、飛鳥和稜岩。不知不覺地，他們已經來到羊群吃草的高地牧場。

不管醫生或是海蒂兩人，都不曾留意彼得正頻頻對那老人投以憤怒的目光。

緊接著，海蒂立刻把老醫生帶去她平日最喜歡的一個定點。在這兒，他們可以平心靜氣地聆聽那散布在底下坡地取食的羊群，走動之間晃得掛在頸子上的鈴鐺叮叮噹噹響。晴空蔚藍，老鷹展開雙翼，繞著他們頭頂上方一圈圈盤旋，周遭所有景物看起來都是那樣亮麗、有生氣，可是老醫生始終默不語。突然，他猛一抬頭，正巧看見海蒂那一雙熠熠生輝的明眸。

「海蒂，這高山頂上的風光眞漂亮，」他說：「只是倘若有個人心情實在十分沈重，那他要怎樣才能有辦法欣賞大自然的美景？請妳告訴我。」

「噢，」海蒂失聲嚷嚷：「到了這高山頂上，沒有一個人會生出悲哀心情的。只有在法蘭克福才會讓人覺得悶悶不樂啊！」

醫生臉上掠過一抹無力的笑容，告訴她說：「可是如果這人是一路滿懷鬱積已久的憂傷到這高山上來的，那妳又要如何安慰他呢？」

「只有天上的上帝才能幫助得了他。」

「說得對啊，孩子。」醫生回答：「可是如果那創痛本身就是上帝分派的，那我們又該怎麼辦才好？」

海蒂默默思索片刻，對他說：「我想我們必須很有耐心等待，因爲上帝曉得應該如何將全世上最悲哀的事扭轉成一個快樂結局。祂會指引我們明瞭祂眞正的用心，不過除非我們持之以恆地耐心向祂禱告，否則祂就會不理我們了。」

「但願妳能永遠秉持這份美麗的信念，海蒂。」醫生說著，仰頭瞻望一座座的萬仞絕崖。「想想，要是一個人完全無法欣賞一切美麗的景物，那該是多麼悲哀的事啊！它會使得我們變成加倍傷心，不是嗎？孩子，這話裡的意思妳明不明白呢？」

一股莫名的悲慟驀然湧上海蒂的心胸，因爲醫生的一席話又讓她想到可憐的外婆了。

自從第一次見到她的那天起，海蒂心中就不時惦記著她雙目失明的事，三天兩頭替她感到傷心難過。因此現在她神情肅穆地回答：

「嗯，我懂，我明瞭，不過我們可以朗讀外婆的詩歌。那些歌詞可以讓我們重新恢復樂觀和歡笑。」

「什麼詩歌？海蒂。」

「就是有些描寫太陽、有些描寫漂亮花園的歌詞，最後還有一首很長很長的長詩。外婆非常喜歡那些詩歌，所以每次我唸給她聽時，都要反覆朗誦上三遍。」

「孩子，但願妳能夠唸給我聽，好嗎？因爲我也很想要聽呢！」醫生說。

海蒂於是雙手合握，開始背誦那一段段撫慰人心的韻文。忽然，她發現醫生用手蒙住雙眼，像顆岩石一般動也不動地坐在那邊，彷彿根本沒在聽，所以便停了下來。「那姿勢大概是睡著了吧？」她心裡想著，因此繼續保持安靜。

其實醫生是因為聽了那些詩歌，觸動了他童年的回憶。在他還是個小男生時，母親也常吟唱這些詩歌給他聽。聽到海蒂抑揚頓挫的朗誦，讓他覺得母親的聲音彷彿又在耳邊響起，慈祥的目光再度對著他凝視。也不知道究竟經過多麼漫長的時間，他才注意到海蒂正專注地盯著他看，於是他用幾許愉悅的口吻告訴她說：

「海蒂，妳的詩歌唸得好動聽。改天我們一定要再回到這個地方來，再聽聽妳吟誦那些美麗的詩歌。」

彼得一整上午心胸都怒焰翻騰。好不容易，海蒂今天總算隨他到牧場來了，偏偏地卻啥也不做，只顧著和那老先生談天，害得他一直沒有機會和她接近，難怪情緒會暴躁得要命。他站在距離那老先生背後一小段距離的地方，掄起一隻拳頭對準他後腦勺方向揮舞，不久又改用雙手並用。最後見到他倆還是始終黏在一起，彼得索性對著長空猛揮雙拳，發出無聲的抗議。

慢慢地，太陽爬到頭頂上方，彼得知道時間已經是中午，於是大喊一聲：「該吃午飯啦！」

海蒂起身準備去拿兩人午餐時，醫生表明他只要喝一杯羊奶就夠，於是那小女孩也決定同樣只喝羊奶，馬上跑到彼得面前告訴他說他們只需那點兒東西。

彼得知道自己竟然可以獨享那一大袋食物時，興奮得辦起事來的動作格外迅速。只是想到自己竟然暗地生了那好心老紳士一整個上午的氣，就不禁感覺內心有股罪惡感，因此攤開雙掌，高高伸向天空，暗示先前那雙緊握的拳頭已經不再代表任何意義了，同時也對上天表達內心的懺悔，然後才開始痛快享用全屬於他一人的大餐。

午後時光，海蒂和醫生兩個人結伴在大牧場上四處漫步，直到醫生發現時候不早，自己該動身回投宿的旅社去了，這才開口要求海蒂繼續留在高地和彼得、羊群戲耍，而他可以自己一個慢慢走回到山下。不過那小女孩子十分堅持要陪他一同下山，而且沿路不斷指引他欣賞這兒一簇簇、那兒一叢叢的豔麗高山花卉，並且告訴他每一種自己稱呼得出的花名。

最後兩人終於分手後，海蒂還一直站在原地凝望著他的背影揮手，醫生也頻頻回過頭來，看見那始終沒有離去的身影，忍不住想起過去自己每次出門時，那心愛的女兒何曾不是總愛站在門邊，揮手目送他漸漸走遠。

那一整個月份氣候始終相當溫暖，每天都出大太陽，醫生也一天都不曾缺席地爬到阿爾卑斯山高地上，經常和阿姆大叔兩人共同度過一整個白天的時光，甚至三天兩頭結伴跋涉好長一段山徑，一直走到老鷹出沒之處附近的懸崖區。高山地帶好多隱祕角落生長著具有療效，或滋養功能的香草藥，這些全賴阿姆大叔帶著醫生去看、爲他介紹，他才能有機會見識到。

除此以外，大叔更懂得好多他這都市來客一無所悉的野獸、飛禽特徵，不管是住在洞裡、岩石縫間、泥地底下，或是高高樹梢的動物種類或特殊習性，他都會一一爲這來自遠方的客人詳盡說明，所以每到臨分手的夕陽西下時，醫生總會高呼：

「噢，朋友，我每次都從你這兒學到好多東西呢！」

不過絕大多數的日子，他仍舊是隨海蒂他們一同爬到高山牧場去，和那小女孩子一同坐在她最喜歡的定點。而這孩子也每回都像第一天帶他上山時那樣，爲他背誦一首外婆書上的詩歌，並且與他分享她所曉得的一切事物。

這些時候，彼得一定心甘情願地被他們冷落在一旁，獨自排遣無聊的時光。

終於，秋色如畫的九月走到了盡頭。一天早晨，醫生來到山上時臉上帶著一抹異常暗淡的神色，因爲他馬上就得返回法蘭克福去了。大叔聽到這個消息十分依依不捨，年紀還小的海蒂更不能接受這天天見面的慈愛朋友，竟然就要離開了。醫生本身更是非常不願意走，因爲經過這一整月下來，阿爾卑斯山高地對他而言，已經親密得像自己的家一樣。只是法蘭克福那邊有他非回去不可的因素，所以他也只好百般無奈地和阿姆大叔握手互道珍重，然後讓海蒂送他一程。

他們倆手牽著手，緩緩踱下小徑，最後醫生主動停下了腳步，摸摸海蒂的頭髮，告訴她：

「現在我得走了，海蒂！真希望我能把妳一同帶回法蘭克福去，這樣妳就可以長長久久陪伴我了。」

海蒂一聽這些話語，眼前頓時浮現一排排、一區區的房屋和街景，以及提娜、羅丹梅小姐兩人的面孔，於是躊躇片刻，終於回答說：「我還是覺得換成您再來探望我們會是比較好的吧。」

「我也相信那樣的確比較好。好了，再會啦！」那和藹的老先生噙著淚水和她握手道別，隨即轉身匆匆大步離去。

海蒂站在他倆分手的地方，目送他漸行漸遠，想起他的一雙眼神是多麼慈祥，可是又多麼經常不自主地淚眼盈眶。突然，她號啕傷心慟哭，邊跑邊掉淚，使盡全身力氣哭哭啼啼地高喊：

「噢，醫生，醫生！」

老人煞住腳步，扭過頭來，靜靜等待她衝到身旁。淚水滾滾落在海蒂面頰，她抽抽噎噎地告訴醫生：「我願意隨您去法蘭克福，您要我在那兒住多久我就住多久。不過，首先我得先回去告訴爺爺一聲。」

「不，不用了，孩子；」他疼惜地對她說道：「現在不可以。妳必須留在這兒——我可不希望妳又病了喔！不過要是將來我生病，覺得孤單，並要求妳去陪伴我，到時妳願意到法蘭克福去和我共同生活嗎？我能不能夠懷抱在這世間仍然有人愛我、關心我的想法離開呢？」

「能！以後我一定會去法蘭克福看您的，因爲我愛您就像愛爺爺那樣深。」海蒂淚流不絕地向他保證。

他倆再度握手、分開，海蒂照舊站在原地目送她和藹的朋友，直到他越走越遠，終於在她視線之中變成了一個小小的斑點。

在這同時，他也最後一次回頭遙望海蒂和天色晴朗的阿爾卑斯高地，喃喃自語：「那兒眞美！在那地方能使得人的身心都變強、變壯，生命也彷彿値得再次重新活過似的。」

18 小村之冬

阿姆小屋四周積起深深的冰雪，所有窗檻彷彿都變得和地面一樣高，大門更是完全隱沒在雪堆後。

山腰間的彼得家小屋情況也是一樣，每回那個孩子拿著鏟子想要出去鏟雪時，都得從他們的窗口爬出去，整個身體深深陷入鬆軟的雪堆，再撐手蹬腿地努力爬出那個大雪坑，拿著他的掃把掃走門前積雪，免得那薄薄的門板被積雪壓力壓得整扇徑往屋內塌。

大叔信守諾言，初雪一降就攜著海蒂，領著他的兩隻山羊，搬回到村子裡來了，地點就在靠近教堂和教區旁的一座廢墟裡。

那破落的空屋過去曾是一座壯觀的豪邸，建造它的是一位參加過西班牙戰爭的英勇士兵。在帶著大筆財富榮歸故里以後，他動工興建了這幢華宅，只是長年長在在喧囂戰地的他，已經無法再適應單調沈悶的鄉居生活了，於是很快又離開小村，終身都未再回來過。

在他去世之後又再經過無數個年頭，雖然華屋已經漸漸凋敝，終究還是落入他的一名遠親手中。他並不想再重新整建這座老屋，乾脆把它廉租給一些窮人，讓他們搬進這屋簷漸漸倒塌，四壁慢慢毀損的破屋中居住。

多年以前，大叔帶著陶拜來到村莊時，也曾經住過這幢曠廢的老屋。不過絕大部分時間它總是空在那裡，因此就算是有窮人搬進去住，那麼長的冬天冷風總會天天鑽進壁縫，一到晚上更會把屋裡的蠟燭吹熄，使得那些穿不起厚重衣裳的窮人只能瑟縮在黑天暗地裡，冷得拼命打哆嗦。不過阿姆大叔不同；他懂得該如何自力救濟。秋天時，他一打定主意要搬到村莊過冬後，就開始三天兩頭下山，敲敲打打，盡他全力把它修復到可以舒適居住的地步。

若是有人從屋後的方向走來，首先進入的一定是間四面牆壁都已經殘破得等於不存在的隔間，其中一側看得出來原本是間小禮拜堂，如今已被長春藤葉密密麻麻覆蓋住。再接下來是座鋪著漂亮石子地板的大廳，四壁已經殘破不堪，屋頂也已經破了一個大洞，地板的碎石縫間更是鑽出雜草來。要不是還有幾根粗粗的樑柱支撐著，恐怕早就完全塌下來了。大叔帶了木材來這兒搭蓋成一座羊棚，同時還在地面鋪上一層厚厚的乾草。

幾條大半都已半毀損的走廊互相銜接，最後通抵一組必須經過厚重銅門出入的套房。這裡四面堅固的牆壁上都嵌著木頭壁板，整個保狀況算很不錯。牆角地方砌著一座巨大的壁爐，高高的爐壁幾乎一直要連接到屋頂，而純白色的壁磚上面則彩繪著一幅幅深藍色系的圖畫，有的畫是林中的古塔，有的描繪帶著獵犬外出打獵的獵人，更是一幅畫面中呈現一汪寧靜的湖水，湖畔綠葉覆蔭的橡樹群下獨坐一名怡然垂釣的釣客。

圍繞壁爐周邊陳設著一張弧型長椅，海蒂非常喜歡坐在那上面。剛剛踏入這個房間以後，她就開始忙著細看那些壁畫。在循著長椅走到盡頭時，她驚喜地發現有張小床擺在牆壁和壁爐間。「噢，爺爺，這臥房好棒，我好喜歡它呀！」她興奮得尖叫。「噢，爺爺，您要睡在哪裡呢？」

「妳的床必須靠近爐子，這樣才能保持溫暖。」老人回答：「現在妳再來看看我的床。」爺爺說著帶她走進了他的臥室。

打開另一側的門後，就是一間海蒂有史以來看過最大的一間大廚房。那可是爺爺費了九牛二虎之力，好不容易才重新整理好的地方。所有牆面都加釘上木板，而門板也用粗粗的鐵線加強繫牢，因爲要是不這樣費心修造，這部分的建築也已經同樣不堪使用了。整幢房屋四周生長著濃濃密密的矮樹和茂草，裡頭不知躲藏多少昆蟲和蜥蜴。

海蒂非常非常喜歡她這個新家，第二天彼得來拜訪他們時，她更是一刻也閒不下來地直領著他看看這個角落、逛逛那處隱祕的地方，直到把這幢古怪有趣的住處全給仔仔細細地瞧遍爲止。

海蒂在她溫暖的小床上面睡得很舒服，只是得花了好幾天時間才能完全習慣。每天早晨，當她一覺醒來，聽不見狂風沙沙吹動老針樅樹梢的聲音時，總會納悶自己究竟身在何處？是不是樹枝上的積雪已經壓得太重？是不是她又被帶離開親愛的家了？不過只要聽見屋外爺爺的聲音，她就會恍然想起一切情景，歡歡喜喜地一骨碌兒跳下床。

四天後，海蒂告訴爺爺：「我必須去探望外婆了，她已經好多天都沒有人陪伴了。」可是，爺爺卻搖著頭說：「孩子，妳還不能去。外面的雪積得很深，而且還在不斷地下著，就連彼得都沒辦法安心通行了，更何況是像妳這樣個小不點的女孩子，一定很快就會陷入雪堆，沒一會兒就再也見不著蹤影了。乾脆等積雪凝固成冰後，妳再踏著牢靠的冰層去看她。」

海蒂聽了雖然十分遺憾，不過由於每天都有比在山頂時多出好多的事可忙，所以感覺才一晃眼，就又已經經過許多時光了。現在這小女孩每天一早就到學校上課，直到將近黃昏時才回家，而且學習態度十分認眞，充分表現出她求知若渴的精神。

然而，她極少在課堂上碰到彼得，因爲他並不常來學校上課。脾氣溫和的老師每次一看見他的坐位空著，都只是說：「看來彼得今天又不會來啦！大概是外面的雪積得太深，行走山路不太方便吧！」可是偏偏每次海蒂放學回家時，卻總會碰到彼得來拜訪。

幾天後，太陽在正中午時分短暫地露了一下臉。到了隔天早上，整座阿爾卑斯山上便瑩白得有如水晶一般，閃閃反射出無數道的光芒。

彼得一如平常一樣，直接就從窗口往外跳，沒想到卻掉在堅硬的冰面上，害得他還來不及反應便往下坡路滑了好一段距離，好不容易才總算又勉強努力站了起來，然後便狠狠使出最大力氣跺他個幾腳，試出積雪已經凍結得有如石頭一般的堅硬了。

彼得幾乎不敢相信，連忙返身跑回家，大口灌下他的羊奶，把整塊麵包塞進他的口袋，同時對家人宣布：「我今天非去上學不可嘍！」

「沒錯，快去，而且要認眞上課喔！」他的母親叮嚀。

於是，男孩坐上雪橇，像支箭般一路衝下山，到了村裡還煞不住他的交通工具，越滑越遠，一直到抵達平原，那雪橇才自動停止。這時就算再趕回學校也已經注定會遲到，所以他便乾脆優優閒閒地慢慢逛上山路，走進村子裡時，正好碰到海蒂回家吃午餐。

「行啦！」他一進她家大門便高喊。

「什麼東西行啦，將軍？」大叔問。

「雪。」

「噢，那我就可以去看外婆啦！」海蒂歡呼。不過馬上又帶著責備的口氣問：「可是，彼得，你爲什麼老是不上學？今天你明明就可以坐雪橇下來的啊！」

「我的雪橇滑過頭了，要再回去上課已經來不及了。」彼得回答。

「我看那根本就叫逃學！」大叔批評：「逃學的孩子應該受到一頓重重的責罰，你聽清楚了嗎？」

男孩心中大爲恐慌，因爲全天底下他最尊敬就莫過於大叔啦！

「更何況像你這樣一位帶頭將軍，更應該覺得加倍羞愧才對。你想要是有哪隻山羊怎麼樣都不肯聽你指揮時，你會怎麼辦呢？」

「揍牠！」男孩回答。

「那要是你知道有哪個孩子因爲不聽話而挨揍，又會有什麼感想？」

「他活該。」

「所以現在你曉得啦，羊將軍：要是你在該上學的時候曠課，就乾脆自動乖乖走到這兒來領我的罰。」

這下彼得總算明白大叔剛剛問他那一大堆話的用意了。

隨後阿姆大叔放鬆表情，親切招呼他說：「好啦，坐下來和我們一同用餐。待一會兒你們兩人可以一同上山去，等到傍晚你再送她回來，然後留在這兒吃晚餐。」

彼得聽到這意想不到的轉變大感高興，連忙囫圇吞棗地把他那一整份午餐塞進嘴巴裡，連帶也將海蒂分給他的那一大部分一掃而空，然後偕著已經穿上克萊拉所贈那件新外套的海蒂一道上山去。

一路上，海蒂始終吱吱喳喳地說個不停，彼得卻沈默無語。就在臨進他家大門前的那一瞬間，男孩突然倔強地說：「我寧可天天到學校上課，也不願意挨大叔的打。」而海蒂立即肯定彼得的決心。

兩人走進屋內以後，海蒂只看到彼得的母親一人在桌邊縫補衣物，卻到處見不著外婆的人影。布莉姮妲這才告訴海蒂，每到天寒地凍的冬季裡，身子原本就不硬朗的外婆便得被迫靜靜躺在床上休息。

海蒂一聽，這可是件了不起的大事，趕緊跑到老婦人房間，看見她正裹著她的灰色圍巾和一條薄薄毯子，躺在一張窄床上。

「噢，上帝！」外婆一聽到那可愛的小腳步聲，不禁叫嚷起來。一整個秋天加上漫長的冬季，一抹悄悄的恐懼始終在暗地啃噬她心靈。她眞擔心，眞的好擔心海蒂又被那位彼得時常提起的老紳士派人接走了。

這時海蒂快步到床前，憂心忡忡地探問：「外婆，您是不是病得很重？」

「不，孩子，沒有。」老婆婆再三對那孩子保證：「我只是身上這把老骨頭有點兒畏寒。」

「是不是天氣一轉暖以後，您又會很快好起來？」

「對，對！而且只要上帝保佑，甚至可以不用等到那候。我很想回到牆角紡紗，而且今天差點就要起來試試了。不過明天我一定會起來。」老婆婆自信滿滿地表示，因爲她已經注意到海蒂有多麼擔心。

最後這一段話聽得海蒂寬心不少。她滿腹狐疑地盯著外婆，問她說：「在法蘭克福，人們總是在外出時候圍上一條圍巾。可是您爲什麼卻把它給圍上床呢，外婆？」

「爲了保暖啊，海蒂。我很慶幸擁有這條圍巾，因爲我的毯子非常薄呀。」

「可是外婆，您的床頭這邊斜下去了，本來它應該要比較高才對呀。這樣的床實在不太正常了。」

「我曉得，孩子，而且也可以清清楚楚地感覺出來。」老婦人邊說邊轉動脖子，試著改變一下枕在薄得像木片般的那個枕頭上的頭部姿勢。「我的枕頭本來就不高，睡了這麼多年更是把它壓成扁平了。」

「噢，天哪，要是我當初向克萊拉要來我在法蘭克福睡的那張床就好啦！」海蒂無限懊悔地說。「那可是一張附帶有三個大枕頭的床鋪呢！每次我一躺上去總是幾乎睡不著覺，因爲整個人老是不停地往下滑。如果是您；您睡得著嗎，外婆？」

「當然睡得著。因爲那可以讓我躺得非常暖和，同時呼吸也會順暢多了。」老奶奶說著，努力要把上半身撐得高些。「不過我要感謝的事情已經太多了，實在不應該再老是提它。現在我每天有可口的圓麵包吃，還有這條漂漂亮亮的圍巾可以圍來保暖。除此之外，我更有了妳啊，海蒂！孩子，妳今天願意爲我朗讀一點東西嗎？」

海蒂立刻去取來那本詩歌集，一首接著一首朗誦好幾頁。不久之前臉上還充滿悲傷的老外婆這時已雙手合握，嘴角浮現一抹幸福微笑，點亮了滿臉的光輝。

突然，海蒂中斷吟誦。

「您好起來了嗎，外婆？」她問。

「海蒂，我覺得舒服多了。請妳繼續把這首讚美詩唸完，好嗎？」

於是，她又接下去唸到最後一段：

當我眼前漸漸濕濡，我心黯然，
請讓祝福的大愛燃燒得更旺，
照亮一顆遊子心情，得以欣然，
平平安安走到歸鄉的路上。

「平安踏上歸鄉路！」她開心地嚷嚷：「噢，外婆，我了解回家的滋味。」不一會兒，她又接著表示：「外婆，天快黑了，我得趕緊回家去。我很高興您覺得舒服多了。」

老婦人握著海蒂的手，告訴那孩子：「是的，雖然我還得躺在床上，不過已經又快樂起來。沒有人能夠了解每天孤單一個、日復一日躺在床上的人，心中滋味有多麼難受。我聽不到任何人來對我說話，也見不到一束陽光，有時候腦海裡生出一大堆非常悲哀的念頭，而且常常感覺再也無法忍受了。可是每當我聽見妳在身旁朗誦那一些詩歌，就感覺好像一道亮光照進我心靈，帶給我無上的喜悅。」

海蒂道聲：「晚安！」和她們揮手做別，然後拖著彼得奔出屋外。雲幕上，一輪皓月高掛天空，銀白月光灑在雪白大地上，整片山脈光耀得恰似白晝一般。而那兩個孩子就像一對飛翔的小鳥，劃破長空，奔掠下阿爾卑斯山頭。

當晚，海蒂上床以後，又靜靜躺了好一會兒才睡著，因爲她腦海裡頭一直思索著老奶奶的話，尤其是有關聆聽讚美詩詞能夠帶給她滿心喜悅的那段。啊！要是每天都有人能爲可憐的老奶奶朗誦幾段那些撫慰人心的詞句，該有多好哇！海蒂知道自己很有可能得再隔十天半月才有機會能再上山來探望她。想到中間這些日子她老人家會有多不舒服、多寂寞，這小女孩子就不禁感到難過極了。

難道眞的沒有別的辦法可想了嗎？忽然，海蒂腦中靈光一閃，想到一個令她興奮得恨不能天色一亮，就馬上付諸行動的計畫。可是激動的她並沒有忘記必須要做晚禱，於是翻身坐在床頭，虔持定向上帝禱告。然後躺回芳香的草秣床墊上，安安穩穩地睡了一個又香又沈的好覺，直到隔天早上天色大亮才起床。

19 彼得學認字

隔天早上，彼得拎著裝在袋子裡的午餐，準時上學去。因爲只有住在學校附近的孩子中午才回家用餐，其他的都只能留在學校吃他們從家裡帶來的東西。到了傍晚，那孩子仍然如同往常一樣到海蒂家拜訪。

海蒂一見他推開大門立即衝上前去，告訴他說：「彼得，我有話要跟你講。」

「說吧！」

「你現在一定要學習讀書了。」

「我已經在學啦！」對方回答。

「對，對，彼得，可是你並沒有用心學。」海蒂繼續熱心地強調：「以後你一定要認眞學習，這樣才能眞正學會該怎麼唸書。」

「我學不來。」

「你說這話再也沒人會信啦！連我也不會。」海蒂斷然表示：「在法蘭克福時，奶奶告訴過我那不是眞的，要我不能相信你。」

彼得顯得萬分詫異。

「我來教你；因爲我知道該用什麼辦法。等你學會以後，一定要每天唸一兩首詩給外婆聽。」

「我不要！」男孩老大不高興地回答。

海蒂被他這副冥頑不靈、拒絕學習的態度氣得要命，凶巴巴地站到他的面前，瞪著眼說：

「如果你不願學習的話，那我就來告訴你會發生什麼事情。你母親常說她想把你送到法蘭克福去。克萊拉告訴過我，那裡有一座很大、又管教得非常嚴厲的男生學校，如果你去了法蘭克福，就一定得唸那裡，而且一直唸到長大成人喲，彼得！而且它絕對不像我們學校只有一位親切和藹的老師。不，才不是呢！那裡有好多好多老師，而且每位外出散步的時候都一定板著臉，戴上高高的黑帽子，一副非常威嚴的神氣。那是我乘車出去的時候所親眼看見的！」

彼得覺得背後一陣涼颼颼。

「沒錯，就是這樣，你一定會被送進那裡，然後等到人家發現你不會唸書，甚至連拼音也沒學會的時候，一定會聯合起來嘲笑你的！」

「我學！我學！」彼得又驚又怒地表示。

「太好了。那我們現在馬上開始吧！」海蒂開開心心地把他拉到桌旁，從克萊拉送的那些東西裡面找出一本印著A、B、C……和一些押韻句子的小書，做爲教導彼得的課本，先讓他朗讀著試試，結果發現他唸得結結巴巴，不懂的字占了一大堆，於是對他說：「我先來讀一遍給你聽，這樣你就可以唸得比較通順了。注意聽——」

A、B、C，學不會，你就得去教育委員會。

「我不去！」彼得斷然拒絕。

「不去哪裡？」

「審判會❶。」

「只要你快快學會就不用去了。」

於是，彼得趕緊張開嘴巴，AB……ABC……ABC……地反反覆覆唸了好幾遍，直到海蒂覺得他已經把這段文字記得滾瓜爛熟，這才誇他一句：「現在你已經會了！」

---

❶ 彼得把board（委員會）和court（法院、審判）兩個字弄錯了。

然後，開始往下教——

D、E、F也得學會讀，否則就會把苦給吃足。

萬一L、M唸得舌打結，你該滿懷慚愧去告解。

麻煩來了；如果你知曉，N、O、P、Q必須趕緊學會了。

R、S、T的發音要正確，不然一定馬上爲此活受罪。

海蒂唸到這兒先停下來看看彼得，發現他已經被那些什麼「吃苦」、「受罪」……的威脅字眼嚇得面色如紙，像隻小老鼠似的，動都不敢動一下，不禁動了慈悲心腸，安慰他說：「別怕，彼得！只要你以後每天過來找我，保證一定很快學會所有字母，也就不會發生那些事情了。不過記住，一定要每天過來，就算下雪也一樣。約定了喲！」

彼得對她許下承諾，然後告辭回家，以後果然天天遵照海蒂指示來上她的課。有時爺爺也會叼著菸斗，坐在屬於他們倆的小教室內，瞧著，看著，好幾次忍耐不住險些要爆笑出來，只好拼命把自己嘴唇咬住。

通常上完課後，爺爺會主動開口留下彼得一同吃晚餐，使那男孩覺得自己辛辛苦苦唸書，眞是讀得非常值得。

日復一日，時光飛逝，彼得每天都有進步，只是押韻的部分還是唸得很吃力。譬如學到U的時候，海蒂示範：

不管是誰弄混U和V，下場都會落得慘兮兮！

接著又唸：

要是W你還相見不相識，就該小心掛在門後的鞭子。

這段讓彼得頻頻咆哮反對詩中內容；不過雖然反對，他還是照樣得往下學，不久終於只剩三個字母了，而且在它們附屬的詩句威脅下，反而唸得更勤、更賣力。

若是你敢忘記X，今天晚餐就會沒得吃。

若是唸到Y時還要期期又艾艾，準會羞得號啕大哭著跑開去。

接著海蒂唸出最後一小節：

Z字寫得歪七扭八的人啊，乾脆跑去當個哈坦塔❷。

彼得馬上冷哼一聲說：「根本沒人曉得他們在哪裡！」

「我敢說爺爺一定會知道。」說著馬上跳了起來，告訴他：「你等一下，我馬上就去問。他跑到牧師那邊去啦！」緊接著就打開大門。

「等等！」彼得慌得驚叫一聲，因爲他彷彿已經看到自己眞被抓到那兒，和那些可怕的人在一起時的慘狀了。

於是，海蒂立定腳步，站在門邊問：「你是怎麼啦？」

「沒什麼。不過妳千萬別去，我一定認眞把它給學好。」彼得哭喪著臉，可憐兮兮地大叫。如此一來，本身很想了解一些哈坦塔人資料的海蒂，也只好留在家裡陪他用功了。

---

❷哈坦塔（Hottentot）南非某一蠻荒部族的人，或被用來稱呼別人智能低下、未受教化等，具有歧視性味道。

沒有多久，彼得已經把這最後一個字母記得很牢，甚至開始學唸單字了，而且自從那天以後，每天都進步神速。

由於每天都降大雪，所以海蒂已經又有整整三週沒來拜訪外婆了。

這天晚上，彼得回到家門，得意揚揚地宣布：「我會了！」

「會了什麼呀，彼得？」他的媽媽布莉姬姐迫不及待地問著。

「讀書。」

「什麼？你說眞的？奶奶，您聽見了沒有？」布莉姬姐驚喜交集地嚷著。

外婆也很好奇，想要知道事情的經過。

「現在我必須朗讀一首詩，這是海蒂交代的。」那孩子逕自取出讚美詩集唸起來，每念一節，他的媽媽便忍不住「啊！」地一聲，嚷著：「我眞不敢相信！」而外婆也從頭到尾默默地聆聽著。

後來，有天在學校輪到彼得起來唸課文時，老師問他：「彼得，我是不是該像平常一樣把你跳過去？或者你想試一試——就算不是朗讀，拼拼湊湊唸出一行也可以？」

彼得捧起書本，一口氣唸完三行，而且唸得十分流利。

老師聽得目瞪口呆，放下課本，愣愣地盯著那男孩，驚呼：「莫非天降奇蹟，教你碰上了？

我花了那麼久的時間，用盡所有耐性來費心教你，結果你連二十六個字母也沒有學會。現在我都心灰意冷，不再嘗試，你卻不但學會拼音，甚至連閱讀課文也沒問題了。彼得，這究竟是怎麼一回事？」

「海蒂教的。」男孩回答。

老師驚訝得忍不住對那小女孩多瞧了幾眼，緊接著又進一步細問：

「彼得，我注意到你最近改變很大。過去你經常不來上課，有時甚至一個多禮拜都見不到一回，可是近來卻連一天都沒缺席過。這個改變又是哪位造成的？」

「大叔。」

現在彼得每天放學回家，一定會爲外婆朗誦一首讚美詩；不過保證只有一首，絕對不會多。布莉姬妲時常在她母親面前，對於自己兒子表現讚不絕口，可是有回外婆卻回答她說：「不錯，我很高興彼得終於學到一點東西，可是依然十分渴望春天的降臨。春天來了，海蒂就能再來看我，再用她那唸起來感覺非常不同的韻味爲我朗誦讚美詩。彼得唸的有時讓我聽得糊裡糊塗，而且也不像海蒂吟哦起來那樣，每次都讓我心情振奮。」

這也難怪！彼得每次遇到較長或是比較困難的單字，就會馬馬虎虎跳過不管——反正少個三、四個字也沒什麼差別嘛！所以，每每那些詩歌一經彼得口中唸出，意義就完完全全跑掉了。

20 遠方朋友捎來的消息

五月來臨，所有阿爾卑斯山系的峰頭都沐浴在璀璨陽光中。暖暖春陽溶化殘餘積雪，催促早生的高山花卉一簇簇地爭先開放暢快的春風陣陣吹送，吹乾陰暗角落那些濕濘的地表。高聳入雲的山峰頂上，只見翔鷹展翅，安詳自在地飛旋盤繞。

海蒂隨著爺爺回到高地，重返小屋，興奮得繞著每件心愛的家具蹦蹦跳跳，又在屋外找到一株剛剛冒出的嫩芽，看見動作輕盈的甲蟲和小昆蟲們在陽光底下嚶嚶嗡嗡地飛舞。

爺爺一頭鑽進他的小工具間中，屋外的海蒂只聽見他在不斷忙著敲敲打打、又釘又鋸，忍不住要走過去看看他在忙什麼。只見工具間的門外立著一把整潔漂亮的新座椅，而那老人正在忙著製作第二把。

「噢，我曉得了！我曉得您做這兩把椅子的用途！」海蒂眉開眼笑地嚷著。「我曉得您是特地爲奶奶和克萊拉做的。唔，可是我們還需要再做一把——或者，也許——您認爲羅丹梅小姐不會來，對吧？」

「我不知道。」爺爺回答：「不過，我想，爲了避免萬一人家來了，卻沒地方可坐，最好還是先多準備一把。」

海蒂若有所思地注視著那兩把沒有靠背的椅子，告訴老人：「爺爺，我想她一定不肯坐這種椅子的。」

「那麼，我們就只好邀請她坐美麗的綠草沙發嘍！」爺爺平心靜氣地回答。

海蒂還沒弄懂什麼叫做「綠草沙發」，彼得已經吹著口哨，大呼小叫地趕著羊群下來了。那些闊別已久的動物朋友一見到她，就把她給團團圍住，看得出來牠們也很高興回到高地上。彼得生氣地推開山羊，擠上前來，把一封信給塞到海蒂的手中。

「你是在牧場上收到這封給我的信嗎？」

「不！」

「那它是從哪裡來的？」

「我的袋子裡。」

其實那一封信早在昨天傍晚就已交到彼得手上。只是他把它往袋中一塞，從此忘得乾乾淨淨，直到打開袋子要拿午餐出來，才又猛然看到、想起來。

海蒂一眼認出信封上是克萊拉的筆迹，急忙衝到爺爺跟前，大叫：「克萊拉寫信來嘍！爺爺，您要不要聽我大聲唸。」隨即打開封口，朗讀信中內容給爺爺、彼得聽：

親愛的海蒂：

我們已經收拾好了所有行李，打算兩三天內就展開旅行。爸爸也要出門，不過不是和我們一起，因爲他必須要先去巴黎。醫生現在每天都來我們家裡，一打開我家的門就高喊：「快到阿爾卑斯山上去！」因爲他已經等不及要看到我們出發了。

他好喜歡、好喜歡去年秋天和你們在一起時共同享受的經驗啊！冬天裡，他幾乎每天跑來告訴我們妳和爺爺、高山，還有山上花卉的點點滴滴。他說在那遠離城市、馬路的純淨空氣裡，風中帶著淡淡香氣，到處都很寧靜，不管是誰去了以後身體都會好起來。醫生本身自從那次回來以後氣色好了許多，整個人看起來也變得比較年輕、開朗了。噢，我是多麼期望快快見到你們，享受他所說的一切！醫生建議我要先到雷格滋去住一個半月左右，然後搬進小村，以後就能每個晴天都去找妳了。

決定和我同去的奶奶也很期待這次旅行，不過奇怪的是，羅丹梅小姐竟然不肯去呢！每次奶奶一鼓動她去，她總是客客氣氣地委婉推辭掉。我想這一定是薩巴斯汀淨是在她的面前形容那些岩石有多可怕，懸崖有多陡峭、多高，所以她才不敢去吧！他一定是告訴她說那個地方非常危險，高度高得只有山羊能夠爬得上去，不然的話，她本來一直都很渴望能到瑞士去玩的，現在卻不管是她或提娜都沒那個膽子冒險了。啊，我眞迫不及待地想要看到妳和爺爺！

再見，我親愛的海蒂，奶奶也託我告訴妳說她愛妳。

妳的朋友

克萊拉

彼得聽完信後，大力揮舞牧杖，氣唬唬地趕著羊群一起衝下山去了。

隔天海蒂爲了通知外婆這個大好消息，特地跑下山去探望她，結果發現她像往常一樣坐在牆角，辛勤紡紗，只是神情顯得十分悶悶不樂。原來彼得昨晚回來以後，就馬上把海蒂朋友最近要來的事透露出來，害得外婆憂心忡忡，一直擔心海蒂又要被帶走了。

不知情的海蒂一古腦兒對她說出奶奶、克萊拉要來的事，還說她有多麼開心、多麼想見她們倆。說完之後，她注視外婆，這才發覺好像不對勁。

「您怎麼了，外婆？」她問：「您不高興嗎？」

「噢，高興，海蒂，看妳高興我就很高興。」

「可是外婆，您看起來卻好像非常急躁不安，是不是您仍然認爲羅丹梅小姐也會來？」

「噢，不是，我沒有事。來，讓我握握妳的手，因爲我想確定妳還在這兒。就算我沒有辦法活著見到那天，這件事情對妳來說也應該是再好也不過的了呀！」

「噢，可是如果那樣，那我寧願不要好事情。」

昨晚外婆因爲惦記克萊拉要來的事，已經整夜沒睡，一直擔心現在那小女孩子精神已恢復，身體健健康康，不知道人家是不是又會把她帶走。可是爲了海蒂的將來，她決心要努力表現得勇敢些。於是她吩咐她說：

「海蒂，請妳爲我朗誦那一首開頭是『上帝必有安排』的詩歌吧。」

海蒂馬上唸了起來；現在她對外婆最喜歡哪一首詩、哪一段句子，幾乎已經全部都弄熟了，因此總是很快就能找出是在哪一頁。

「我覺得好過多了，孩子。」老婦人臉上不再愁雲密布，神色看來顯得愉快了許多。「請再爲我反覆朗誦幾次吧，孩子。」她央求。

慢慢地，天色暗了，海蒂趕緊告別外婆和彼得的母親踏上歸途。漫步在路上，天邊星星一顆接著一顆對她眨眼睛。海蒂每走幾分鐘便佇足片刻，滿懷讚歎，仰望滿空星斗閃爍爭輝的景象。抵達家門前時，她發現爺爺也在仰望長空，喃喃自語：「多麼神奇的一個月份！——天氣一天比一天晴朗！今年的藥草會長得很茂盛，效果也會特別好。」

萬物欣欣向榮的一個月份匆匆過去。六月裡，白天越來越長，大量山花處處開，空氣中無時無刻不瀰漫著一股醉人的芳香。就在六月也快走到盡頭的時候，有一天早上海蒂打掃好了她和爺爺住的小屋，衝出門外，忽然拉高嗓門，大聲地尖叫，慌得爺爺急忙跟著跑出屋外，瞧瞧他的小孫女兒出了什麼事情。

「爺爺！快來！您看！您看！」

一隊引人側目的行伍，正沿著曲折小徑爬上這人跡罕至的阿姆峰頂。為首的兩名男子肩上扛著肩輿，肩輿上頭還坐 著一名渾身裹著層層圍巾的少女。跟在他們三人後面的是位儀態高貴的女士，氣氣派派，跨坐馬背，一面和走在旁邊的青年嚮導熱絡交談，一面東張西望，急著飽覽兩側沿途的風光。而在她後面，還有一名負責運送一把空輪椅上山的小夥子，以及最後背上揹著籐簍，簍中被單、圍巾、披肩、毛氈……等等堆得高過頭頂的腳夫。

「她們來了！她們來啦！」海蒂興奮得大喊大叫。

不一會兒，那整批人馬便抵達峰頂。兩個女孩看見對方都喜孜孜地眉開眼笑，夫人也下了座騎，首先先溫和地向海蒂打聲招呼，然後轉身面對朝著大夥兒走來的大叔。由於彼此都早已聽過對方不少事情，所以這兩位素未謀面的老人雖然初次相見，卻馬上熟稔得像對多年老友似的，才剛寒喧幾句，謝思曼夫人便滿口熱誠地誇讚起來：

「噢，親愛的大叔，你們祖孫兩人居住的地方眞棒，好美好美，簡直讓人不敢相信世上還有這人間仙境一般的地方。住在這兒，就連國王也要羨慕你！噢，瞧我這小小海蒂的氣色多好，整個人長得健康紅潤得好像一株小玫瑰花一般！」她把女孩拉到自己身邊緊緊摟著，摸摸她的臉頰，同時讚歎：「不管哪兒，舉目所見都好漂亮啊！克萊拉，妳覺得怎樣？」

克萊拉興奮莫名地環顧四周，輕呼：「多美麗啊！多奇妙呵！世上怎麼可能會有這麼漂亮的地方？噢，奶奶，要是我能住在這兒該有多好！」

她倆談話之間，大叔已經手腳勤快地把那少女的輪椅整理好，然後走到她的面前，輕輕將她抱到椅子上，接著又替她在腿部蓋上幾層圍巾、布罩，讓她舒舒服服地保暖，動作熟練得彷彿從小到老都在看護行動不便的殘障者。

「親愛的大叔，」奶奶驚訝地發問：「請告訴我這些技巧您是哪兒學來的，因爲我眞想馬上把所有認識的護士，全都送到那個地方去學一學。」

大叔臉上浮現一抹慘憺笑容，回答：「主要是來自經驗而不是學習。」

他的神情急轉爲悲切，多年往事一幕一幕浮現在他的眼前。當時他人在西西里島，剛剛打完一場慘烈戰役，從橫屍遍野的戰地中找到他那傷勢慘重、生命垂危的可憐隊長。所有袍澤裡面只有他獲准留下，細心照料他的長官，直到傷患終於嚥下最後一口氣。如今眼看可憐的小克萊拉年紀輕輕就雙腿不良於行，阿姆大叔決定也要拿出所有耐心、細心，好好照料這位小病人。

坐在輪椅上的克萊拉仰首凝望萬里無雲的長空，環顧一座稜岩巉立的峭壁，良久良久，終於滿懷渴望地開口：「我眞希望能夠繞過小屋到那三棵針樅樹下去！我眞希望能夠親眼看到妳時常掛在口中的每一景一物。」

海蒂奮力一推。瞧！那輪椅竟輕輕鬆鬆輾過乾枯草地，不一會兒，便停在枝葉覆頂、傘蓋龐大的針樅樹群下。克萊拉親眼目睹它們那氣勢磅礡的雄姿，不由得滿懷畏服，驚歎它們不知在這個山頭佇立了多少個年頭；縱然白雲蒼狗，物換星移，依舊亙古長存地屹立在阿姆峰巔，居高臨下俯瞰山谷間的人事更替。

經過空羊棚時，克萊拉可憐兮兮地告訴亦步亦趨、緊跟她倆的謝思曼夫人：

「噢，奶奶，我好想好想留在這兒等思凡麗和芭莉喔！如果我們很快就下山，那麼，我恐怕就看不到彼得和他的羊群們了。」

「好孩子，快趁現在有這機會，好好享受山上的美景、空氣吧！」祖母說。

「哇，多美麗的花兒啊！」克萊拉再次興奮地嚷嚷起來。「瞧，那一叢叢、一簇簇，爭妍鬥豔，開得好紅、好鮮豔、又好熱鬧的鮮花。噢，但願我能摘下其中幾枝藍鈴花來就好啦！」

海蒂立刻跑去摘來一大把，全部擱在克萊拉的腿上，對她說：「其實，克萊拉，眼前這幾叢山花，要和高山牧場上那一大片、一大片的花海比起來，根本就是小巫見了大巫呢！所以妳一定要親自到高地一趟，才能看到那美麗壯觀、遼闊得活像爲山坡鋪了一方一方金黃地毯的野花。一旦妳有機會坐到那一大片花毯之中，準備被四周的美景迷醉得再也捨不得站起身來。」

「噢，奶奶，妳想我會有可能上那地方去嗎？」克萊拉眼中的渴望之色恰如正在熊熊燃燒的火焰。「要是我能和妳一道走路上山，踏遍妳所提到過的每一吋土地，那不知道該有多麼美妙呵！」

「我推妳！」海蒂爲了安慰那少女，同時顯示推她好友上山是多麼輕而易舉的一樁差事，立刻大力把輪椅推得像要飛出去似的。幸虧爺爺及時在最後關頭把它捉住，才沒有讓克萊拉連人帶著椅子一起滾下山坡去。

這時紅日已經爬到天空正中，爺爺搬出餐桌擱在長椅旁，擺好午餐，很快地賓主四人就全坐下來開動。

四周醉人美景，伴著陣陣清香拂面的微風，吹得奶奶心胸舒快，怡然自得地讚歎說：「多麼不可思議的一處地方啊！我從沒見過像它這樣的風光。可——瞧我看見什麼了？」她睜亮眼睛：「妳的的確確是在吃妳的第二塊乾酪了嗎，克萊拉？」

「噢，奶奶，這嘗起來比我們在雷格茲吃的每一樣東西都美味多了呢！」克萊拉一口接著一口，津津有味地享用她的香醇食物。

「啊，吃得下就儘量多吃些。就算烹調手藝未必如何，我們這舒爽的山風也會吹得讓人覺得無論吃起什麼都分外可口哩！」老爺爺心滿意足地說道。

他和奶奶兩人邊吃邊進行一場愉快的對談，發覺彼此對很多事情都持有相似的觀念，同時也都很能理解對方的看法，感覺就像是對老朋友一般。不久，奶奶舉頭望向西方的天空。

「克萊拉，太陽漸漸偏西，嚮導再過一會兒就會上來報到，然後我們就得立刻下山去了。」

克萊拉臉上笑容頓時一掃而空，哀求著說：「噢，拜託，我們等一兩個小時後再走嘛！我甚至連小屋裡面都還沒看過一眼哩！啊，眞希望白天時間能有現在兩倍長。」

奶奶答應克萊拉進入小屋裡面看一看，不過輪椅卻太大了，沒有辦法通過那狹窄的大門。於是大叔沈穩地將她抱在自己強壯的臂彎中，帶她進屋去。奶奶進了小屋，迫不及待地東張西望，很高興看到處都收拾得十分整潔。隨即，她爬上短梯，登上廄樓，發現海蒂的床鋪，情不自禁地低呼：「海蒂，這是妳的床嗎？多麼清香芬芳的味道啊！睡在這兒，對於健康一定會很有益處。」一邊說，一邊望向窗外的綠地。這時爺爺也抱著他們的小客人克萊拉上來了，最後跟著的還有海蒂。

克萊拉已經完完全全對這地方著了迷，一見到那張乾草床鋪就嘖嘖低呼：「噢，多麼可愛的一床臥鋪呵！海蒂，妳可以直接從這兒就望見天空哩！還有，這種味道是多麼芬芳！妳天天可以躺在這裡，聽見狂風呼呼吹動針樅樹梢的聲音吧？噢，我從沒有看過比這更讓人心情愉快的臥房呢！」

這時大叔兩眼盯著老奶奶，提出：「我有一個主意，準能叫克萊拉把身子骨養得結實起來，那就是把她留在山上，跟我們同住一段時間。不過，當然，這是指在您不反對的情況下。單憑妳們帶上山來這一大堆圍巾、毛毯、氈子，就足夠我們輕輕鬆鬆地幫她鋪一張柔軟舒適的好床。親愛的夫人，您大可以安心地把她交給我幾天，我會很樂意好好的照顧她的。」

兩個女孩開心得大叫起來，夫人臉上也笑逐顏開，衝口而出：「啊，您眞是一位大好人！我剛剛自己還在想著，如果讓那孩子在這山上暫住一段時間，對她的健康包準會大大有幫助的。可是緊接著又馬上想到，如此一來，有誰能負責照料她呢？況且這也太麻煩你們了。而現在您卻若無其事似地主動把它提出來，噢，大叔，我要怎樣才能很好地表達對你的無限感激！」

在兩人搖晃彼此互握的手不下七、八次後，大叔先把克萊拉抱回停在屋外的輪椅上，海蒂也馬上黏到她身旁。接著兩名老人動手爲克萊拉準備晚上的臥鋪，多虧夫人事先細心的規畫，鋪好的小床觸摸起來非常柔軟舒適，一點也感覺不出下面墊底的是乾草梗。這時他倆走出屋外，看見兩個小孩正在熱烈地討論未來幾週打算做些什麼和什麼，而聽到他們說出克萊拉應該可以在這個家中住上個把個月時光，那兩張小臉立刻笑得像一朵綻放的鮮花一樣。

嚮導牽著馬匹、領著兩名負責抬輪椅的腳夫來到山頂上，不過後面兩人已經暫時無法派上用場了，所以就先將他們給打發走了。

緊接著，祖母也準備動身下山，這時克萊拉笑臉吟吟地和她道別說：「噢，奶奶，我們很快就能再見了，因爲您一定會經常上山來探望我們的。」

大叔幫忙把馬牽下陡坡，臨別前，夫人告訴他說她準備回雷格茲，因爲對她而言，多福利村感覺太過冷清了。此外，她還承諾一定會時常上來看大家的，而彼得就在他還沒回到小屋這段空檔間，趕著大批山羊奔下阿姆峰來了。羊兒一見到海蒂，立刻簇擁到她的身旁，所以克萊拉也很快地認識了哪隻是思凡麗、哪隻是芭莉，還有哪隻是小雪蚱蜢以及大暴君……

不過，彼得卻老是冷冷地站在一旁，不時對那兩名女孩投以憤怒的目光，聽到她們對他大聲道別時候，他也只是不理不睬，氣沖沖地胡亂揮舞著牧杖衝下山。

歡樂的一天很快就要結束了，兩名小孩各自躺在自己的床上。

「噢，海蒂！」克萊拉興奮地嚷著：「我可以看到好多好多閃爍的星星，感覺我們好像正搭乘一輛豪華大馬車直衝雲霄呢！」

「沒錯！妳曉得天上的星星爲什麼會這麼愉快地不停眨眼嗎？」海蒂問。

「不知道；妳告訴我嘛！」

「因爲它們曉得住在天堂的上帝會照顧世間的所有子民，所以我們永遠不需要擔心害怕。瞧，它們一閃一閃地指點我們要怎樣才能也那般愉快。可是，克萊拉喲，我們一定不能忘記要天天向上帝禱告，請求祂時時惦記著我們，永遠保佑我們平安。」

於是，兩人翻身坐在床頭，開始各自做起她們的晚禱，然後海蒂馬上倒頭大睡，不過克萊拉卻連半點睡意也沒，因爲能夠從床上看見滿天的星斗，對她來說可眞是前所未有的奇妙經歷啊！

坦白說，她這一生從來沒有親眼看過掛在天上的星星。因爲住在法蘭克福的時候，家人總是每天天還沒有全暗，就把所有的窗帘、帷幕都給放下來，而她本身也始終沒有機會在晚間踏出屋門一步。她怎麼也捨不得閉上眼睛；每次總是才一合眼就又努力把它們睜大，遙望滿空星斗不斷閃爍、眨眼睛，終於睏得再也沒有辦法掀動眼皮。而在她那一夜的甜蜜夢中，還始終見到兩顆好大的星星在對她閃爍著光芒哩！

21 克萊拉的山居生涯

朝陽初露，阿姆大叔站在小屋門外，欣賞滿山晨嵐在早晨清新的空氣中漸漸散去，天上的雲色愈來愈鮮亮。

他轉身走入屋內，躡手躡腳爬上了短梯，看見剛剛醒來不久的克萊拉正一臉錯愕地左顧右盼。一束束明亮的陽光愉悅地在她床頭躍動；咦，這是哪裡呢？不一會兒，她瞥見那正熟睡中的好朋友，聽見爺爺快活的打招呼聲：

「睡得好嗎？不疲倦了吧？」

克萊拉感覺身心寧靜而又舒適，回答他說，這是有生以來睡得最甜的一夜了。沒隔多久，海蒂也從夢中醒來，然後馬上換好衣服，一溜煙地爬下短梯，去和已經坐在外面享受陽光的克萊拉作伴。

清爽的晨風輕拂那兩個小女孩的面頰，從針樅樹梢夾帶而來的淡淡香氣，讓她們每一口呼吸都吸入宜人的芬芳。克萊拉由小到大都從沒體驗過這般寧靜愉悅的氣氛。她不曾呼吸過這樣純淨清涼的晨間空氣，不曾感受過被這種暖洋洋的陽光照在雙手、雙足的舒服滋味。這一切的一切，全都超乎她的經驗之外。

「噢，海蒂，我真希望自己能夠永遠和妳一起住在這裡！」她說。

「現在妳親眼看到，這裡的一景一物果然都像我對妳形容過的那樣美了吧？」海蒂眉飛色舞地告訴她說：「和爺爺一起住在阿爾卑斯山上真是全天底下最美妙的事哪！」

這時爺爺剛巧捧著兩碗熱氣騰騰的雪白羊奶走出羊棚，一碗遞給海蒂，一碗給了克萊拉，同時告訴那個女孩：「這是從思凡麗的身上擠出來的，喝了它可以增強體力，對妳很有好處喲！」他看出那小客人手捧著它，表情顯得有些遲疑，於是鼓勵她說：「喝吧，小姑娘！祝妳健康。」而克萊拉也看見海蒂幾乎是兩三口就把整碗羊奶「咕嚕嚕」地灌進肚裡去，於是非常乾脆地仰起頭，一口氣把它喝完。哇，多麼香濃的味道啊！簡直就像加了糖的肉桂湯一樣。

「明天我們多喝一碗。」爺爺看見她喝完之後的表情，做了這樣的承諾。

這老少三口剛剛吃飽早餐，彼得就上山來了。在整群山羊咩咩大叫著衝向海蒂的同時，老爺爺把那牧羊童拉到一旁，切切地叮囑他：

「仔細聽著，從今以後你必須完全照我的話做，隨便思凡麗愛到哪兒就去哪兒，同時自己務必跟上；就算牠想爬到比平常更高的地方也一樣。那頭山羊懂得上哪兒去找最豐美的牧草。多爬一點兒山路不但對你無害，而且對於其他所有的山羊都大有益處吶！記住，我希望那兩隻羊能夠供給我既多又優良的羊奶……你為何看起來這麼一臉火爆的模樣。」

彼得默不作聲，馬上趕著羊群就往高地爬，一路走還一路橫眉豎目地不斷回頭看。由於海蒂也跟隨他們走了一小段路，所以他就大聲朝她高喊：「喂，海蒂，妳一定要和我們一塊上山；思凡麗不管走到哪兒都得有人跟著。」

「不，我不行。」海蒂也大聲回答：「只要克萊拉留在我們家裡的一天，我就不會上山去了。不過，爺爺曾經答應過我要讓我倆一同隨你到牧場上一回。」說完便掉頭跑回克萊拉身邊，氣得那小牧羊童暴跳如雷地猛揮著雙拳，同時加緊了上山的腳步。

昨天奶奶臨走之前，兩個女孩曾親口答應會寫信給她，所以等到目送彼得率領羊群離開之後，海蒂就跑進屋內去搬出她的三腳小板凳，又拿課本擱在克萊拉腿上，好讓她墊著紙張，然後兩人各自動筆寫起要告訴奶奶的話來。克萊拉幾乎每寫完一句就會暫停一會兒，以便抬頭瀏覽一遍四周的風光。噢，這陽光下飛舞著點小蟲、蚊蚋的山巔是多麼平靜，風穿樅葉沙沙的聲音是何等安詳！微風中，牧童被岩石峭壁擋回的吆喝迴音，不時鑽入她們的耳膜。

一個祥和靜謐的上午就這樣不知不覺地溜走。午餐準備好後，大家再次在戶外享用他們的一餐。因為只要可以，克萊拉整個白天都要待在空氣流通的戶外。下午兩名少女轉移陣地到針樅樹群下乘涼。克萊拉有一籮筐關於這一年多來在法蘭克福發生的點點滴滴，以及海蒂的熟人們的近況要對她細說。沒有多久，彼得趕著羊群回來了，可是對於女孩們友善的招呼卻連一聲也不答腔，馬上就拉長著臉、鎖著眉頭轉身跑了。

就在阿姆大叔把兩隻山羊牽回棚中去幫思凡麗擠奶的時候，克萊拉告訴她的小女同伴：

「噢，海蒂，我覺得好像迫不及待想喝一碗羊奶呢。這很稀奇，不是嗎？從小到大我每次不管吃什麼全都是因爲非吃不可，任何食物一進嘴巴總感覺那個味道好像魚肝油，所以我非常盼望自己能夠一輩子都不用吃東西。現在我卻覺得我好餓喲！！」

「噢，我懂！」海蒂回答。因爲她也想起當初在法蘭克福住時，每天覺得食不下嚥的情況。

終於，老人端著滿滿兩碗羊奶走到她倆的面前，克萊拉趕緊接下她的那碗，牢牢捧在手中一仰而盡，甚至要比海蒂還更快喝完。

「拜託，我能再多喝一點點兒嗎？」她伸長了手，拿著那個空碗問。

老人滿心喜悅地點點頭，很快又爲她盛滿一碗，同時帶著一大塊奶油塗麵包出來。那天下午，他特地跑了老遠去買奶油回家，而他的辛苦也沒有白費。因爲兩個小孩就像在享受什麼珍饈美味一般，三兩下便把那一整塊麵包吃個連碎屑都不剩。

當天晚上，克萊拉一倒下床就馬上睡著，底下的兩三天，時間也同樣這般優閒愉快地度過。

第四天，兩個女孩突然得到一項意外的驚喜。原來奶奶僱了兩名體格健壯的腳夫，要求他們各自扛著一頂全新的雪白小床送到阿姆峰頂來，另外還委託一封信要求他們轉交。信中她非常感謝兩個小孩每天信守諾言地寫信給她，同時表明那兩張床是要給她倆睡的。到了晚上，她倆登上廄樓，發現那兩張床就擺在原來鋪乾草臥榻的地方。

克萊拉在阿姆峰上每天越過越快樂，在寫給奶奶的信中總是道不完爺爺對她有多麼慈祥、多麼細心呵護，而海蒂又是多麼殷勤地時時陪伴她身旁。她告訴奶奶，自己每天早晨醒來以後的第一個念頭總是：「感謝上帝，我還在阿姆頂峰的屋裡。」

奶奶見到這些報告內容感覺十分滿意，同時也決定把上山探望的計畫再往後延遲一陣子。畢竟騎馬跋涉那麼一段山路，對她這把年紀的婦人來說可是一樁挺累人的事啊！

阿姆大叔對他那小病人的照顧簡直細心到無以復加，甚至每天四處到隱僻的深山地裡去替思凡麗找營養最豐富的草料，把那母羊餵得又美又肥，任誰都可以從牠那熠熠發亮的雙眸看出牠有多麼健康來。

就在克萊拉住進阿姆小屋的第三週，爺爺每天把她抱下廄樓後總會問上一聲：「我的克萊拉可要試著站立一下？」而那女孩也總照例回答：「噢，那會好痛啊！」

不過，儘管每次他把她放到地上，她總會照例像隻攀木蜥蜴似地緊緊抱住他不放，他還是每天都讓她比前一天多站那麼一會兒。

那年夏天，阿爾卑斯山區遇上多年以來前所未有的好氣候。每天每天，山上都豔陽高照，天空上萬里無雲。到了日落西山，稜岩、雲原又都被潑灑上大量的濃紫、淡紅顏料，直到整片綿延山脈看起來猶如熊熊烈火在燃燒。

海蒂每天不斷重複在克萊拉耳邊提起那些生長在大牧場上的鮮花，告訴她那一株株金黃的玫瑰陣容有多龐大，片片藍色花海又多麼像在山坡之上鋪蓋著完美的大地毯。就在其中一次她又再度談到這些的時候，一股渴望驀然襲上心頭，令她忍不住衝動得一躍而起，衝到正忙著在小工具間裡雕刻飾品的爺爺面前。

「噢，爺爺，」她一路高喊著奔來：「請您明天陪我們到大牧場上去好嗎？噢，那裡現在一定漂亮極啦！」

「好，好，好，我帶妳們去。」他回答：「不過妳得先叫克萊拉一定要做件討我開心的事，今天晚上她得嘗試著站久一會兒。」

海蒂蹦蹦跳跳地跑去轉達阿姆大叔要求，而克萊拉自然是滿口答應下來啦！因爲和海蒂一塊兒到高山牧場上去，可不正是她本人最大的心願嗎！

當天黃昏，彼得趕著羊群回來時，聽到她倆談起明天的計畫。然而，他的反應卻只是衝著她倆怒聲咆哮，氣得只差沒有揚起牧杖，狠狠痛揍可憐的梅花雀一頓。

那晚，兩名少女才剛興沖沖地打定要整夜不睡、討論明天計畫的主意，談著談著，卻忽然沒了聲音，雙雙進入甜蜜的夢鄉。夢境中，克萊拉看見自己眼前展開一大片長得茂密繁盛的淺藍色花海，而海蒂的夢中則聽到老鷹在她頭頂上方高聲呼喚：「來啊！來啊！來啊！」

22 意外之喜

隔天清早，天剛破曉，陽光灑向大地，天空萬里無雲。

彼得來時，爺爺還在屋內呼喚兩個孩子起床。那牧羊童呼呼揮舞牧杖，不讓羊群靠近小屋半步。坦白說，那實在是因為他心中苦惱極了，又非常生氣。他氣自從克萊拉來了以後，一切的情形都變得不同了。每天早晨他一上山，總是看到海蒂忙著陪伴那陌生的女孩。一整個長長的夏天，海蒂總共才陪他上過牧場一次。太過分啦！好吧，今天她總算要跟來啦，可是偏偏又是要和那討厭的陌生孩子作伴。

就在這時，彼得看見放在小屋附近的輪椅。他賊頭賊腦觀察四周一陣，發現沒人在場，馬上用力把這討厭的東西推下陡坡。不一會兒它便不知衝下何處，消失得不見蹤影。

這下彼得的良心開始悄悄啃咬著他，令他拔腿飛奔，一步也不敢猶豫地直衝上阿爾卑斯高地的一片黑莓樹叢裡。在這兒，萬一大叔找來算帳時，他大可以輕易地鑽進矮樹叢裡藏身。他伸長脖子往下張望，只見那把被推落的椅子一路滾下斜坡，偶爾碰到突出的岩塊便高高彈起，緊接著又更用力地撞上坡地。在它一路下滑的路線下，兩旁東一片、西一塊地散落著它的殘骸，再被山風吹得遍地狼藉。太好啦！現在那可惡的陌生人就不得不馬上返回她自己的家去，如此一來，海蒂就又變回他的嘍！

可惜啊！可惜，彼得完全沒有想過，只要做了壞事，就永遠注定得要遭到一頓嚴厲的責罰。

這會兒，海蒂剛剛跑出小屋，爺爺也抱著克萊拉跟在她的背後出來，看見那小女孩先是動也不動站在那兒，隨即衝到屋內，然後又跑向右側，不一會兒便奔回老人的眼前。

「怎麼回事？海蒂，是妳把輪椅給推到別處去了嗎？」他問。

「我正在四處找它呀，爺爺。您明明說它是放在工具間旁的。」那孩子邊說還邊到處尋覓已經失蹤的椅子。一陣強勁山風突然吹來，狠狠把工具間的門「砰」地一聲，颳得緊緊關閉。

「爺爺，是風做的怪。」海蒂心急地嚷嚷起來。「噢，天哪！萬一它被吹下村裡去了，那我們今天就來不及上山了啊！要去把它推回來得要花上好長一段時間哪！」

「如果它當眞滑下村子裡頭去，我們就永遠不可能再把它拿回來了；因爲那一定會使它被撞得粉身碎骨。」老人邊說邊往陡坡底下望，同時目測一下從小屋牆角到斜坡邊緣的距離，評論道：「風絕不可能有這麼強的力量。」

「好可惜喔！現在我永遠也不可能到大牧場上去了，」克萊拉惋惜地說。「而且恐怕馬上就得收拾回家去。眞可惜！眞的好可惜！」

「爺爺，您能不能想個辦法讓她留下來？能不能嘛？」

「我們會按照原訂計畫在今天到大牧場上去，然後再看看進一步的發展。」

兩個女孩聽得喜上眉梢，爺爺更是分秒也不浪費地馬上開始著手準備。首先他先搬出一疊毯子、被單鋪在乾燥的地面，讓行動不便的克萊拉坐在陽光底下和海蒂一同吃早餐。然後一面嘀咕：「奇怪，彼得今天怎麼這樣晚了還不來？」一面把兩隻山羊給牽出羊棚。

這時他用一隻強壯的手臂抱起克萊拉，再用另一隻手臂攬著那一疊毯子和被單，精神飽滿地吆喝一聲：

「走，出發！兩頭山羊也一塊兒帶去。」

海蒂一聽正中下懷，兩手分別各摟著一隻山羊脖子，欣然舉步上高地。芭莉、思凡麗兩隻山羊更是高興有她作伴，老是推推擠擠猛往她的身上擠，拼命地向她撒嬌。

來到牧場上後，他們看見彼得已經躺在大草地上，散布四周的羊群也老早就在寧靜安詳地低頭吃草，不禁瞪大眼睛，驚訝得說不出半句話。忽然，大叔開口大喊：

「你這是什麼意思，竟然敢放我們的鴿子？瞧我怎麼好好的教訓你！」

彼得認出那個聲音，嚇了一大跳，急急忙忙辯解說：

「那是因爲你們還沒有起床啊！」

「那你有沒有看見椅子？」大叔又逼問。

「哪一把？」他不甘示弱地吼回去。

大叔不再吭聲，自顧自地找片乾草地上鋪好毯子，再把克萊拉放下，三番四次地詢問過她這樣舒不舒服、方不方便以後，才終於安心轉身準備回家，同時吩咐三個孩子必須乖乖待在那兒，等他傍晚來把他們帶下山，等到正中午時，海蒂也必須負責取出午餐，並盯著彼得從思凡麗身上擠奶給克萊拉喝。

天空蔚藍，雪白的群峰頂上閃閃輝映銀光，稜岩巉立的斷崖上方有隻老鷹在翺翔。兩個女孩心曠神怡地坐在牧草地上，周遭的羊群不時跑出一隻來靜靜趴在她們身旁，逗得她倆樂不可支，尤其溫柔的小雪蚱蜢更是每隔不久就會跑來一趟，把牠的小腦袋瓜子擱在兩人肩頭，輕輕地來回摩擦。

就這樣，她倆安安逸逸沈醉在這幅如詩如畫的景色中，一坐坐上幾小時。忽然，海蒂興起一股渴望跑到那片長滿遍地花卉地方的念頭。如果等到傍晚，花兒早就合起花瓣，閉上眼睛，那她也就來不及去和它們互相點頭、微笑、打聲招呼啦。

「噢，克萊拉，」她猶豫不決地對她的小女同伴說：「如果我暫時丟下妳一人離開一下，妳會生氣嗎？我好想去看花海喔！不過，等等……」她一躍而起，拔腳飛奔而去，不一會兒便捧著大把牧草，把它們擱在克萊拉膝頭，旋即又把小雪蚱蜢牽來她身旁。

「喏，這樣妳就不會孤單了。」她說。而克萊拉也再三對她保證，她真的很樂意單獨和那些可愛的動物們相處，所以海蒂便開開心心地走了。

克萊拉一根一根，把腿上的牧草緩緩送到小雪蚱蜢嘴巴前；漸漸地，那小傢伙對她越來越感信賴，慢慢挨近她的身邊，甚至把嘴湊到她的手掌心吃草。看得出來，牠是多麼高興能夠遠遠避開那些粗暴的大山羊們騷擾。克萊拉見到牠安安心心依賴自己的樣子，心中莫名地滋生一股從未有過的滿足，好愛好愛就這樣和那小傢伙共同坐在山坡上。

突然，一股強烈的渴望在她內心升起。克萊拉好想自立自強，不再依靠任何人的幫忙和扶助。其他無數個念頭、無數個想法也紛紛閃過腦海。啊！要是她能夠天天生活在這溫暖的陽光下，那該是多麼幸福的一件事啊！這世界，彷彿全在一剎那間變得如此美妙，又如此愉快。她臆想著未來即將一一降臨的快樂和歡笑，一顆心不由得急促地怦怦跳動起來。

忽然間，她展開雙臂抱住那隻小羊，對牠傾訴：「噢，小雪蚱蜢，這高山牧場上是多麼美麗啊！我眞希望能夠永遠和你在一起！」

這時海蒂也已跑到她那心愛的地點。眼前一如她所期待那樣，漫山遍野開滿絢麗嬌豔的岩薔薇，而隨處更可見到這裡一叢、那邊一處的藍鈴花兒，在微風之中顫顫地點頭微笑。然而所有瀰漫在空氣中的香氣，卻都全來自於那些把小腦袋瓜子掩藏在朵朵耀眼黃花下面的乾褐色小花身上。海蒂心蕩神馳地站在岩崖上，用力深吸那清幽的芬芳。

突然間，她掉頭就往回跑，遠遠地朝克萊拉大聲喊道：「喂，克萊拉，妳一定要來，這個地方好美、好迷人啊！到了傍晚，它就不會再像現在這樣漂亮啦！妳想我揹不揹得動妳呢？」

「當然不行，海蒂，」克萊拉回答：「因爲妳的個子比我還矮好多哪！噢，要是我能走路就好啦！」

海蒂沈思默想片刻，拉開嗓門想把這會兒還躺在高坡那頭呆呆望著她們出神的彼得叫過來，可是他卻只是倔強地高喊一聲：「絕不！」

那個孩子根本無法相信他所親眼目睹到的畫面。爲了不讓可惡的克萊拉成天絆著海蒂，他明明已經動手毀了她的椅子了呀！可是現在她卻照樣再度出現在他的面前，好端端地坐在他的玩伴身邊。

「你一定要來，彼得！快！我需要你的幫忙，快過來啊！」海蒂拼命地鼓吹著。

「我不要！」

海蒂一聽頓時怒氣沖天地衝到他的面前，對他大吼：「彼得，要是你現在不馬上過來，我就要做一件會讓你後悔一輩子的事。」

良心本來就很不安的彼得，這下可真嚇昏了。沒錯，自從一大早把克萊拉的輪椅推下陡坡、撞得四分五裂以後，他就一直暗暗在心底偷哭。不過，現在從海蒂那威脅恫嚇的語氣聽來，她彷彿完全明瞭事情的眞相。萬一這事讓大叔曉得了！噢，怎麼辦？彼得嚇得渾身發抖，只好乖乖地聽她的。

「妳得先親口答應不做剛剛說的那件事情，這樣我才肯過去。」男孩堅持。

「好，好，好，我答應。」海蒂軟化口氣，告訴他：「過來吧，其實也不會很辛苦的。」

彼得走近雙腿不良於行的克萊拉身旁，聽從海蒂指示，和她一左一右地扶著那女孩站起來。到此爲止，前面動作都很簡單，可是難關馬上就到眼前啦！克萊拉連想憑自己的力氣多站一會兒都不可能，單憑他倆又怎麼能有辦法讓她雙腳往前挪動半步呢？

「妳必須先把手搭在我的肩上，攬住我的脖子。」曾經看過別人怎麼做的海蒂表示。

於是，這一輩子從沒和人勾肩搭背過的彼得只好先看海蒂那邊怎麼做，然後依樣畫葫蘆。等到三人互相搭穩肩膀以後，克萊拉開始奮力想把腳向前跨出。不過這實在是太困難了；她拼命試了幾次，結果還是落得心灰意冷。

「把腳更用力往地面上踩，我相信一定就一定不會再那麼痛了。」海蒂建議。

「真的嗎？」克萊拉怯怯地問了一聲，不過還是遵照她的意見，十分勇敢地更用力往前一踏，隨即又踏出另一步，同時發出一聲低呼。

「噢，果然沒有那麼痛了。」她臉上露出喜悅的笑容。

「再試一次！再試一次！」

在海蒂的鼓勵聲中，克萊拉又向前跨出一步，然後又是一步，緊接著甚至跨出第三步了呢！

「噢！」她猛然發出一聲歡呼。「噢，海蒂，我辦到了。噢，我真的辦到了！妳瞧，我可以一步接著一步，連續走上幾步呢！」

海蒂也欣喜若狂地大叫：「噢，克萊拉，這是真的嗎？妳能走路了？噢，現在妳能一次連續跨出好幾腳步了？噢，要是爺爺也在這兒，該有多棒呵！現在妳能走了，克萊拉，妳能夠走路了啦！」海蒂心頭喜孜孜的，嘴巴再也合不攏。

克萊拉兩隻手臂雖然依舊緊摟著彼得、海蒂的脖子，可是，現在每跨出一個腳步都更有信心了。

「從今以後妳就可以天天上來，」海蒂高聲嚷嚷：「而且再也不用坐在輪椅上面讓人推來推去，我們可以愛走到哪兒就走到哪兒。噢，現在妳一輩子都能走路啦！哇，我好開心喲！」

克萊拉從小最大的心願，就是能和別人一樣健健康康，現在總算如願以償了。

要到那遍地花開的地點才只不過一小段距離，他們三人很快就抵達那邊，坐在清香襲人的繁花間。這是克萊拉有生以來首次眞正坐在溫暖乾爽的泥土地上休息，身邊圍繞的野花都在款款搖曳，傳播它們的香氣。啊，這樣的一幅天然風光是多麼多麼旖旎！

做夢都想不到的大喜事，讓兩個小女孩心神一直恍恍惚惚的，快樂的感覺滿滿的，猶如要從胸口溢出來，深怕一張開口、一做個動作就把它給趕跑了。彼得也同樣動也不動、不說話，因爲他已經躺在花叢中間睡著了。

時光飛逝，轉眼已過了中午。整批羊群突然尋尋覓覓地出現在兩個女孩的面前。這些羊兒可不喜歡齧食花朵，所以一見彼得終於被牠們的咩咩大叫聲音吵醒，全都高興得蹦蹦跳跳。可憐的孩子！他恐怕還覺得心頭怔怔忡忡呢！因爲就在臨被吵醒的前一瞬間，他的夢正做到看見鋪著大紅坐墊的輪椅佇立在自己的面前。醒來之際，他依然覺得看見殘留的金色釘子影像，不過很快地，便猛然察覺那其實是綻放在豔陽下的金黃花朵。在回憶起自己早上那卑鄙的行爲後，他整個人乖順得就像一隻小羊兒般，心甘情願地服從海蒂指揮，和她合力扶持著克萊拉往回走。

三個小孩率領羊群一回到大牧場上，海蒂立即取出豐富的午餐來擺好，同時遵守諾言，把一部分的食物分給彼得。那良心不安了大半個上午的小牧羊童，這才曉得原來她威脅他的不是要去告狀。她把所有東西平均分成三堆，而在她和克萊拉吃飽以後，兩人都還剩很多食物可以讓彼得痛痛快快地祭一祭他的五臟廟。只可惜，今天他吃得一點都不安心快意，因爲總覺得好像有個什麼東西卡在他的喉嚨裡。

就在他們剛剛享用完這頓延遲開動的午餐不久，爺爺已經大步爬上阿爾卑斯高山牧場來了。海蒂遠遠望見他的身影立即飛奔而去，顛三倒四地告訴他那項天大的消息。老人一聽到這樁喜訊便樂得笑逐顏開，走到克萊拉面前笑嘻嘻地問：「妳終於放膽一試了，是嗎？噢，我們贏啦！」說著便扶她站立起來。

他一手摟著她的腰，一手向前伸長讓她搭著。在他堅定有力的扶持之下，克萊拉向前跨出的腳步要比先前走得更穩了。海蒂歡天喜地，蹦蹦跳跳地跟在他的身旁。走沒多久，爺爺又用單手把小克萊拉抱在胸前，準備下山回家。因爲他可沒有被興奮沖昏了腦袋。他知道，一次運動過度對那小女孩來說是非常危險的，疲勞的她眼前最需要的是好好休息。

那天傍晚，彼得很晚才抵達村莊，一進村口就瞧見一大堆人圍著一樣大家深感興趣的東西在七嘴八舌，並且人人都奮力向前推擠，想親自去碰它一下。其實那也只不過就是一張椅子嘛！

「這椅子被送上山那天我曾親眼看過，」彼得聽到麵包師傅說：「最起碼，我敢打賭它至少值五百法郎。眞不知道它怎麼會變成這副德行。」

「大概是被風颳下來的吧！」一直張大嘴巴、呆呆盯著那華麗天鵝絨的芭芭拉表示。「大叔自己是這麼講的。」

「只要不是有人推它下來就好。」麵包師繼續高談闊論：「等那從法蘭克福來的紳士聽到這件事情，鐵定會想盡辦法把整個眞相查個水落石出。到時候，唉！我眞替那個罪犯感到可憐吶！幸好我已經很久很久沒有上阿姆峰去了，否則說不定還得遭人懷疑。總之，只要是當時人在那兒的人，個個都會有嫌疑。」

緊接下來，大家仍然紛紛提出自己的意見，不過彼得已經無心再聽，趕緊腳底抹油溜回家去了。萬一被人發現那壞事是他做的怎麼辦？警察隨時都有可能趕來把他抓去關。想到這兒，彼得緊張得渾身汗毛根根豎了起來。

他憂心忡忡地回到家中，不管外婆、媽媽問他什麼，他都不答不理，也不吃擺在他面前的馬鈴薯餐，慌慌忙忙地爬上床鋪，鑽進被窩裡頭咳聲歎氣。

「唉，我看彼得包準是又去摘野酸莓吃，所以才會這樣一直呻吟。」他的母親說。

「那妳明天早上可得給他多吃點麵包，布莉姬妲。從我的裡頭分些給他好了。」外婆怪心疼她那小孫子地說。

夜晚，海蒂、克萊拉躺在各自床上，海蒂望著窗外滿天的星星說：「克萊拉，妳今天會不會覺得，幸好上帝不會每次都很慷慨地馬上就滿足我們所有的祈求，因為祂知道什麼對我們更好？」

「什麼意思，海蒂？」克萊拉反問。

「喏，就像我在法蘭克福時，每天都在祈求要快回家，當我不能完成心願的時候，我就以爲祂把我忘了。可是如果我那時候眞的那麼快回來，妳就一定不會到這地方探望我，妳的身體也就沒有辦法康復了。」

克萊拉想了又想，回答說：「可是，海蒂，這樣一來，我們既然覺得祂永遠知道什麼才是更好的，那就沒有辦法再祈禱任何事了呀！」

「不過，克萊拉，我們一定要天天向上帝祈禱，這樣才不會忘了祂賜給我們的所有恩惠。奶奶對我說過，要是我們忘了上帝，那祂也會淡忘我們。就算萬一我們的一些心願無法實現，那也同樣必須充分表現對祂的信心。因爲上帝祂無所不知，無所不曉。」

「妳怎麼會這樣認爲的呢？」

「是奶奶告訴我，不過我自己也曉得。克萊拉，我們今晚一定要感謝上帝祂讓妳能走路。」

「太好了，海蒂，謝謝妳提醒我。因爲我竟然興奮得差點把它忘了呢！」

於是，兩人雙雙開始進行晚禱，同時感謝上帝讓那病童恢復健康。

隔天一早，她們寫信邀請奶奶，請她在一週之內上阿爾卑斯山來一趟。這是因爲兩個孩子打算悄悄地給她一個大驚喜，同時克萊拉的內心更是盼望，在奶奶來的時候，自己能在海蒂的引導之下，完全靠自己的力量單獨行走。

接下來的幾天，克萊拉的心情越來越好，每天一早醒來都在內心裡淺哼輕唱：「我現在好了！我現在可以和別人一樣用雙腳走路了！」

她的情況天天大有進展，走的距離越來越遠，食量也大大增加，使得爺爺每天都眉開眼笑地切下越來越大塊的麵包，塗奶油給她吃，又眉開眼笑地看著她沒幾分鐘就把它們通通吃完，另外，他還每餐忙著爲那兩個飢腸轆轆的孩子添加一碗接著一碗的羊奶。

就這樣，轉眼也該是奶奶上山探望她小孫女的時候啦！

23 分離是為了再次相遇

奶奶在預訂上山拜訪的前一天，先寄出一封信來通知大家，這封信在隔天一早由彼得帶到。當時爺爺已經牽出兩頭活潑山羊，在小屋門外陪伴兩個小女孩並帶著一臉得意，親切地凝視眼前兩張紅嫩嫩的笑顏，以及兩頭山羊那滿身閃亮亮的長毛。

彼得拖著腳步，慢吞吞地走到老大叔跟前，交出信函，之後立刻心虛地往後一跳，同時左顧右盼，彷彿在害怕什麼似的，緊跟著馬上邁開大步，飛快跑掉，瞧得海蒂滿腹狐疑地喃喃嘀咕：

「奇怪，彼得的舉動怎麼好像和大暴君在害怕挨他打時一樣呢？」

「也許彼得做了什麼活該欠揍的事，正在擔心害怕吧！」老人回答。

彼得一路飽受猜疑、恐懼折磨，忍不住以爲一定是法蘭克福那邊派了警察要來抓他去坐牢。至於海蒂則是整整忙碌了一個上午，總算把小屋內外打掃乾淨，可以滿心歡喜地等著接待預計當天來訪的貴客了。

這時爺爺剛好散步回來，手中捧著一大束從山路邊採回的深藍色龍膽花。兩個坐在長板凳上翹首期待的孩子，遠遠望見那鮮豔奪目的花色都忍不住要高聲歡呼起來了。

頻頻站立起來、踮著腳尖眺望山徑的海蒂，突然瞥見奶奶的身影。仔細一看，她正騎著一匹白馬，由兩名男子護送上山。其中一人背上揹著一大簍的保暖毛氈、圍巾，和衣物，因爲少了這些，她可沒那勇氣上山走上這麼一回呢！

眼看他們一行越走越近，很快地便抵達了山頂，奶奶突然氣急敗壞地跳下馬背，緊張得大叫：「怎麼回事？我沒看錯吧，克萊拉？妳爲什麼沒有坐在自己的輪椅上？」同時快步的跑上前來。

就在快要衝到小孫女兒面前時，她又興奮地揚起雙臂高高揮舞，驚呼：

「眞的是妳嗎，克萊拉？孩子，妳的臉頰變得又紅潤又豐滿了呀！我幾乎都快認不出妳來了！」這時海蒂手腳俐落地跳下了長椅，好讓克萊拉扶著她的手臂，兩人相依徐徐地走了一小段路。

邊衝邊喊的奶奶登時一臉惶急地呆呆立定，思忖：「這是怎麼回事？克萊拉竟然站得又直又挺，還和她的小朋友肩並肩走了幾步路呢？」隨即回過神來，快步衝到孩子面前，深深愛憐地緊摟著她，然後放開細細端詳，馬上又摟住了她，一遍又一遍。

越過克萊拉的肩頭望向長椅那頭，老奶奶看見大叔正滿面帶笑地坐在那兒，於是挽住小孫女兒的臂膀施施然朝他走去，嘴角眉梢不時流露出她的滿心歡喜。來到老人面前的時候，更是立即握住他的雙手，激動地說道：

「噢，親愛的，親愛的大叔！您的大恩我們一家眞是不知該如何感激才好！是您付出的心血、時間，和照料——」

「不！全是上帝賜予的陽光和山上空氣的功勞。」大叔帶著微笑打斷她的話。

這時克萊拉也高聲表示：「嗯！還有思凡麗那香醇美味的羊奶。奶奶，您眞該看看我現在一口氣能喝下多少羊奶！噢，那實在非常非常好喝哩！」

「光是從妳這張健康紅潤的小臉蛋兒上，我就能看得出來嘍！」奶奶笑咪咪地說。「不！其實我差點兒就再也認不得妳啦。妳長胖不少，膚色也健康不少！我做夢都沒有想過有一天妳也能長得這樣又高又結實！噢，克萊拉，這一切都是眞的嗎？我眞恨不得能分分秒秒、永遠都盯著妳看。不過現在我非拍一通電報給妳的父親不可，而且電報裡頭絕不透露妳的半點近況，因爲這鐵定會是他一生之中最大的驚喜啊！噢，我親愛的大叔，我們要怎樣才能辦到呢？剛才那兩個人已經被您給打發走了嗎？」

「沒錯；不過只要有我吩咐一聲，牧羊童彼得自然會替您下山跑一趟的。」

於是，兩人決定找來彼得傳送電文，所以大叔立刻吹起一聲嘹亮口哨，聲音響得四面八方都傳出回音；不一會兒，彼得嚇得面無血色地跑下阿姆峰來啦！因爲他以爲自己已經注定要被抓。不過等他當眞跑到小屋門外，卻只收到奶奶交給他的一張紙條，以及要他馬上把它送到村裡郵局的吩咐。這使得他頓時如釋重負，撒開大步就往山下跑去。

隨即奶奶、大叔、海蒂、克萊拉總共四人，歡歡喜喜圍坐桌旁，一面享用午餐，一面由大家告訴奶奶這天大奇蹟是如何發生的。奶奶邊聽邊頻頻發出詫異驚歎，以爲自己這是正在做夢呢！怎麼可能？這怎麼可能會是她瘦弱、蒼白的小克萊拉？兩個女孩發現她們的驚喜計畫果然效果絕佳時，都不禁樂得眉飛色舞、相視而笑。

同時，剛剛忙完巴黎方面業務的謝思曼先生，同樣也爲大家準備了一份大驚喜。在事先沒有寫信通知母親的情況之下，他獨自選在一個豔陽高照的早晨搭車來到雷格茲。抵達旅社的時候，夫人正好已經在幾小時前動身上山啦！於是他也趕緊叫了一輛馬車，快速趕往美茵菲。

對於徒步上山的旅客而言，要從小鎮一路直上阿姆峰頂，路程似乎十分遙遠又累人。他要走到何時才能抵達小牧羊童的家附近？鎮外的小路有那麼多條，條條岔向不同方向，有時他眞懷疑自己究竟走對了嗎？可惜附近連條人影都沒有，耳中唯一聽到的就是風吹草動、小蟲嚶嚶嗡嗡的聲音。除了幾隻停在落葉松上的鳥兒正在淺啼輕唱，這兒給人的感覺有如一座空山。

他駐足路旁，揚手搧搧額頭沁出的汗珠，猛然看見有個男孩正像流星一般疾速衝下山。他忙扯開喉嚨，高聲大喊，可是對方卻畏畏怯怯，停在好遠一段路外，怎麼也不肯走到他的面前來。

「喂，孩子，我要到海蒂住的小屋，也就是最近有法蘭克福人來作客的那戶人家，請問現在走的路線對不對啊？」

男孩驚恐地悶哼一聲，連滾帶爬，循著前幾天才被他推下斜坡那把輪椅途徑，跌跌撞撞不停地往下滾。

「哇，多古怪、多靦腆的一個山地孩子啊！」謝思曼先生還以爲這單純的阿爾卑斯少年是因爲突然遇到陌生的人，所以才會一時不知所措。於是在默默凝視男孩翻滾的方向一陣之後，他又很快地轉身循著原來途徑往上走去。

彼得雖然拼命努力，還是沒有辦法煞住滾落速度，只是內心的恐懼、驚慌卻遠遠比碰撞、擦傷更痛苦可怕。毫無疑問，那人鐵定是警察！最後，彼得總算在被拋落到一叢矮樹邊時，死命抓住其中一根樹枝，才沒繼續滑下去。

「好極啦，又來一個！」彼得聽到附近有個聲音在調侃自己。「不知道明天又會有誰像袋半開口的馬鈴薯般，被人骨碌骨碌推下來？」原來是麵包師傅在忙了大半天後，累得出來喘口氣兒，正巧看見他從山腰一路往下滑。

彼得站起來後，馬上腳底抹油溜走。奇怪，麵包師父怎麼曉得那把椅子是被推下來的？他好想趕快跑回家去，躲進被窩，至少旁邊沒有半個人在，可以讓他感覺安全得多啦。不過他的羊群還在山上，大叔也曾千叮萬囑，要他儘量快去快回。所以儘管他已摔得鼻青臉腫，嚇得四肢無力，根本沒有可能再快速奔跑，照樣得要一拐一拐、一邊呻吟不斷，拖著腳步往上爬。

另一方面，謝思曼先生在遇見彼得不久之後，總算來到那間位於山腰的破舊小屋附近。望見小屋，令他心頭踏實不少，勇氣也因此而倍增。他打起精神繼續往上跋涉一大段路，終於在腿疲力乏之際望見獨立峰頂的阿姆小屋，看見針樅樹傘在臨風搖擺。他三步併做兩步急著想快點趕到寶貝女兒的面前。其實他們早在老遠地方就已看見他了，甚至還準備好一套絕對令他大大出乎意料之外的儀式要來迎接他呢。

就在走到距離山頂只差幾步時，他的眼前忽然看見一高一矮兩個女孩朝他走來。高的那位膚色紅潤、滿頭金髮，倚著個子較矮的海蒂肩膀，而那小女孩的一對明亮的黑眼眸中正閃耀著愉悅慧黠之光。謝思曼先生瞬間見到這幅畫面，猛地煞住腳步，兩行淚水驟然滾滾而下。他的心頭湧現一抹甜蜜回憶；因爲眼前這名金髮少女的外形簡直是他亡妻的翻版。一時一刻，謝思曼根本分不清自己是在做夢，或是完完全全清醒著？

「爸，您不認得我了嗎？」克萊拉眼角閃著笑意，開心地問：「我是不是改變了好多？」

謝思曼先生衝到她的面前，一把將她摟在懷中。「變？妳是變了。這怎麼可能？這是眞的嗎？克萊拉，這眞的是妳嗎？」大喜過望的他放開了她細細打量，旋即又擁入懷中，然後再度細細打量，再度擁她入懷——沒錯，這個眼前站得又高又挺，立在他的身邊，任他細細端詳的健康少女，確實是他最心愛的女兒。

這時他的母親也走上前來，好親眼看看自己兒子那一臉幸福洋溢的燦笑。

「兒子，有何感想？我們的驚喜是不是預備得比你的還棒啊？」她說：「快點過來吧，見見我們的大恩人——也就是阿姆大叔。」

「對啊，我得快去見見我們的大恩人，還得問候小海蒂一聲。」謝思曼先生握握海蒂的手，問她：「妳好嗎？在山上是不是每天都快快樂樂、活潑健康？看來我是多此一問了，因爲再也沒有一朵盛開的阿爾卑斯玫瑰能夠顯得比妳更加有活力。啊，孩子，我眞是開心極了呀！」

海蒂望著一向待她有如慈父的他，臉上漾滿笑意，內心也因感染他的快樂而雀躍不已。就在兩位男士終於互相走到對方面前，彼此問候、寒喧的同一時間，奶奶走到針樅樹下，發現還有另外一個驚喜正在等著她。就在滿地碎石之間，靜靜立著一大束藍得光耀奪目的野龍膽花，姿態生動得宛如原本就從那片碎石地裡長出來似的。

「噢，好美、好優雅、好吸引人哪！」她拍著手嘖嘖驚歎。「海蒂，快來！這是妳爲我採回來的嗎？哇，它們開得好漂亮啊！」

兩個孩子一起來到樹下，海蒂再三對她表示，那是別人布置的。

「噢，奶奶，跑到大牧場上去的話，那裡滿山滿谷都看得到這麼燦爛的鮮花！」克萊拉也說：「猜猜看這是誰去替您摘來的？」

忽然，她們聽到附近窸窸窣窣，瞧見正要避開小屋，偷偷從樹群後面溜走的彼得。夫人以爲就是這個孩子替她摘了這麼多花，只是因爲個性羞怯、謙虛得不敢見人，所以才會急急想躲開，因此連忙開口將他叫住，還口氣和善地安慰他說：「孩子，過來！你不用害怕。」

彼得恰似驚弓之鳥，呆呆地站在那兒，動也不敢動。先前碰到的一連串事件，讓他相信罪行已經曝光，恐懼、不安把他折磨得面如死灰，頭皮發冷，可是在聽到奶奶的叫喚聲後，不出來卻又不行。

「趕快過來啊，孩子。」夫人見他動作慢吞吞的，趕緊鼓勵他勇敢走到她面前。「現在快告訴我，這事是不是你做的，孩子？」

焦慮中，彼得絲毫不曾注意到奶奶的食指指向地上的鮮花，卻只望見大叔正站在小屋附近，目光銳利地直盯自己，而方才碰見的那名警察剛好就站在他的旁邊。天哪，彼得嚇都嚇死啦！他四肢發軟，抖抖顫顫地應了一聲：「是！」

「很好；不過你爲什麼怕成這樣呢？」

「因爲——因爲它已經破破爛爛，沒有辦法修好了。」

可憐的彼得，他嚇得整個人都快癱在地上了。

奶奶一聽，走到屋旁，親切地請教：「親愛的大叔啊，這可憐的少年是不是精神異常了？」

「絕對不是。」大叔回答：「只不過他正好就是那一陣把輪椅吹下山坡的強風，以爲自己馬上就要受到一頓狠狠的處罰。」

奶奶聽完大吃一驚，因爲無論她再怎麼端詳，也看不出那個男孩會使壞心眼。他爲什麼要毀了那把輪椅呢？

大叔告訴她說，打從克萊拉上山來後，他就注意到那個男孩經常露出憤怒表情，做出一些不太尋常的舉動，所以他從一開始就懷疑是彼得搞的鬼啦！

「噢，親愛的大叔，」夫人面部表情豐富地邊說邊推斷前因後果。「他已經受夠了恐懼折磨，我們絕不能再處罰他了。我們必須講求公正。因爲他把海蒂視爲心中寶貝，所以見到她被克萊拉搶走，內心自然很難過。加上後來他每天都得孤孤單單，沒人陪伴，也就難過心頭不平會越積越深，終於驅使他做出這種邪惡的行爲。沒錯，他是很蠢，不過我們哪個人在生起氣來的時候不是很蠢呢？」說著，便轉身走回那還在猛打哆嗦的男孩面前，坐在長板凳上對他說：

「彼得，過來，我要告訴你一件事。別再發抖了，要注意聽著。你將椅子推下山坡，把它撞毀了。你很清楚這是壞事，應該受到嚴厲懲罰。你很拼命、也很努力地在隱瞞著它，不是嗎？然而，這世界上如果眞有人以爲做了壞事不會有人知道，那他就大錯特錯了；不管多小的事，永遠無法逃過上帝的眼睛。只要祂一發現有人企圖隱瞞自己做的壞事，就會喚醒住在那人心中的小小守衛，讓他用一支尖刺不斷刺痛那人，使得他片刻都不得安寧，並且時時對他大喊：『喂，你就快被發現啦！人家就要來懲罰你啦！』那人於是每天提心吊膽，所有歡樂都一掃而空。你是不是也有同樣經驗啊，彼得？」

男孩後悔萬分地點了點頭，他的的確確是每天過得提心吊膽，的的確確是不管走到哪裡，都在擔心有人要抓他。

「你犯了一個錯，」奶奶接著表示。「以爲一旦弄壞輪椅就能傷害克萊拉。結果呢？結果沒想到你所做的事，卻讓她得到最大的收穫。如果今天輪椅還在，她說不定永遠都不會想要試著自己走走看。而如今假使往後她還待在這兒，說不定甚至天天都會上牧場去呢！你了解了嗎，彼得？上帝會把人家加在受害人身上的過失轉變成助益，卻把苦惱送給那個加害者。我說的道理你是否明白，彼得？下次萬一你又想做壞事時，記得想想那個小守衛。你願不願意答應呢？」

「願意！我答應。」彼得回答，但還是很擔心那個仍然站在大叔旁邊的警察。

「好啦，現在所有問題都已解決。你告訴我，如果你有心願，那是什麼？因爲我想送你一樣東西，好提醒你記得我們這些遠從法蘭克福來的朋友。你要什麼呢？」

彼得仰起頭來，傻傻地盯著奶奶，眼神充滿了詫異。原本以爲準要大吃苦頭的他，突然面對這一百八十度的情勢變化，整個人都給搞糊塗啦！

再度聽到奶奶催他說出心願以後，他總算想通那個可怕的人絕不會逮捕他了，頓時覺得心中一塊大大的石頭落了地。同時他也想通，人一旦做錯了事，最好是馬上坦白地說出，於是開口招認：「那張紙條我也弄丟了。」

奶奶想了一下，才猛記起是怎麼回事，於是告訴他說：「這就對了。有錯就要認錯，這樣事情才能解決。現在，告訴我你想要的是什麼？」

於是，此刻不管彼得想要什麼，他都可以自由選擇。曾在美茵菲的市集上看過的那些琳琅滿目的商品，忽然一一浮現在他眼前，讓那孩子感到一陣眼花撩亂。他常在人家攤位前面一站就站上幾個小時，目不轉睛地瞧著漂漂亮亮的小刀和紅口哨。可惜的是，憑他口袋中的那一點兒零錢，永遠連一樣東西也沒有辦法買得起。

他考慮半天，不知如何決定，突然腦海中靈光一閃，終於十分肯定地表示：

「我要十便士。」

「唔，你要的不算太多。」奶奶莞爾一笑，從她口袋中掏出一枚又圓又大的銀幣，又在銀幣上面擺了二十便士。「現在我來解釋。這枚銀幣加上二十便士平均分配的話，就是一年裡頭有多少禮拜，每個禮拜都可分到十便士。以後你就可以一年到頭，每個禮拜都有十便士可以花了。」

「一輩子嗎？」彼得天眞無比地問。

奶奶聽了忍俊不住開口大笑，惹得大叔和謝思曼先生也都湊了過來。她邊笑邊說：「就一輩子！聽著，兒子，我要把它記入我的遺囑，你也得把它寫進你的遺囑去。內容是：『牧童彼得終其一生，每週都可得到十便士。』」而她的兒子也點點頭答應了。

彼得注視著拿在手心的這份禮物，神情肅穆地道了一聲：「感謝上帝！」然後連蹦帶跳地大步奔跑而過，一顆心輕飄飄的，彷彿都快可以飛起來了。

隔沒多久，留在阿姆峰頂的賓客五人全部坐到桌旁，開始享用愉快的午餐。

餐畢，克萊拉告訴她的父親：

「噢，爸爸，我眞希望您能明白爺爺爲我付出的所有心血和辛勞；那可得花上好幾天的工夫才能敘述得完呢！噢，我今生今世都不會忘記。爸爸，他對我的恩情我們根本報答不了，不過要是多少能夠回饋一些該有多好啊！」

謝思曼先生瞧瞧眼前這從未如此活潑、健康過的女兒，走向阿姆大叔，開口說：

「親愛的朋友，我有些話想跟您說。我相信，如果我告訴您說，這些年來，我從沒有一刻打從心裡快樂過，您一定能夠明白我說的是肺腑之言。只要我一天沒有辦法治癒自己的小孩，沒有辦法讓她開開心心，就算坐擁萬貫家財又有什麼意義呢？多虧有您勞心勞力，加上上帝的庇佑，終於使她能夠漸漸康復起來。是您讓她重獲新生的，所以請告訴我，我要怎樣才能表達對您的感激。儘管您的大恩大德我永遠無法報答，但只要在我能力範圍之內，我一定會做到。如果您有任何要求，拜託請務必要告訴我。」

阿姆大叔始終靜靜聆聽他的說話，一語不發，注視著那快樂父親的臉龐。

「聽我說，謝思曼先生，透過令嬡的康復，我也得到了莫大的欣慰，這就是對我最好的報償。」他堅決地表示。「我很感激您的好意，不過，只要有我活著的一天，謝思曼先生，我們祖孫就什麼都不會缺。只是我仍有個心願，一旦實現之後，我這一生就再也沒有什麼掛慮了。」

「說出來吧，我的朋友。」克萊拉之父鼓勵。

「我老了，再活也沒有多少個年頭，等我死了以後，也沒有任何東西可以留給海蒂。她在世上除了一個阿姨之外，舉目無親，而那女人甚至只要她有一點利用價值，也會想要利用她。謝思曼先生，假如您能對我保證，日後海蒂將永遠不用為了想要掙口飯吃，迫不得已投身在茫茫世間辛苦維生，那麼我為您和克萊拉所付出的那一點點綿薄之力，就已經得到您最豐富的回報了。」

「我親愛的朋友，這一點您絲毫不用擔心，」謝思曼先生開口表示。「海蒂是屬於我們大家的！現在我就對您保證，日後我們必定善待那個孩子，讓她永永遠遠不用爲了生計而煩憂。我們全都曉得她並不是那種適合在陌生人群中生活的女孩。不過幸好她已經擁有好些眞心眞意的朋友，而且其中一位很快就會搬到這兒來。那位朋友是克雷森醫生。此時此刻，他正在忙著妥善處理完法蘭克福那邊剩下的業務。他覺得和您以及海蒂相處的那段日子，是他一生之中最快樂的時光，所以打算聽從您的建議，搬到阿爾卑斯山區來居住。從今以後，那個孩子身邊就將同時擁有兩位保護者。但願上帝保佑，你們兩位都能長命百歲。」

「願上帝保佑。」剛剛牽著海蒂小手來到他們身邊的夫人，摟著那個孩子的肩膀溫和地詢問：「海蒂，我想知道妳是不是也有什麼願望？」

「嗯，我有。」海蒂笑吟吟回答。

「告訴我是什麼願望吧，海蒂！」

「我希望能收到我在法蘭克福時睡的那張附有三個枕頭、整套又厚又暖寢具的好床，這樣一來，外婆就可以每天睡得非常暖和，也不需要圍著圍巾就寢了。噢，一旦她不用每天躺得腳高頭低，幾乎快要不能喘氣，那該是一件多麼令人開心的事啊！」滿懷期待的海蒂，一口氣地說完這一長串的話語。

「噢，親愛的，我差點忘了本來打算要做的事了。多虧有妳提醒我啊，海蒂。既然上帝賜給我們福分，我們就更該記得生活貧困的人們。我會立刻拍個電報回去要床。而如果羅丹梅小姐能夠馬上將它寄出，那麼兩天之內就能運到這裡來了。但願等它送到之後，那可憐的瞎眼老婆婆就能夠睡得比較舒服了。」

興奮得快要跳起來的海蒂，巴不得馬上就衝下山去告訴外婆這個好消息，於是大家很快決定五個人都要去探望那位很久很久都沒人下去陪伴的老人家。不過出發之前，謝思曼先生又透露出他的一套計畫，那就是準備帶著母親、克萊拉在整個瑞士境內到處玩一玩。因此今晚他將住在小村裡頭，好方便明天一大早從阿姆峰上把女兒接下山，首先先到雷格茲和奶奶會合，然後再到其他各處風景名勝去暢遊一番，奶奶要拍的電報則利用當晚發出去。

克萊拉心情十分矛盾，既捨不得離開阿爾卑斯山，可是一想到能夠陪伴親愛的奶奶、父親覽遍山光水色，又覺得是件很開心的事。

所有細節討論完畢後，他們一行五人便動身下山。大叔知道克萊拉目前的情況還不適合冒險走太遠，所以把她抱在臂彎裡。沿途海蒂一路嘰嘰呱呱地告訴奶奶彼得家中住些什麼人，到了冬天那座破舊小屋裡頭有多冷，平常吃的食物是多麼稀少得可憐。

布莉姬姐剛好在晾彼得的衣服時，猛然見到他們五人走到山腰邊，急忙推開門衝進去對她母親大喊：「噢，他們全要走了，連大叔也是，手上還抱著那個跛腳小女孩。」

「噢，眞的嗎？」老婆婆長吁短歎：「妳有沒有看見他們是不是要把海蒂也帶走？噢，眞希望她能讓我再握一次她的手！噢，我眞渴望能再聽一次她的聲音！」

她的話音才剛落下，大門已經被人用力推開，一眨眼間整個人就被海蒂緊緊摟住。

「外婆，您聽我說，我在法蘭克福那張有三個枕頭、被子又厚的床鋪，馬上就要送到這裡來了。奶奶說兩天之內就會送到了。」

她本以爲外婆聽了之後，絕對會樂得魂都快飛了，沒想到她卻只是淒淒涼涼地微笑著說：「噢，她一定是位非常好心的夫人！我知道按理說，她要帶著妳走，我應該替妳感到高興。可是，海蒂，我想我恐怕是活不久了。」

「可是，沒有人說海蒂要跟我回去啊！」剛剛走進屋裡的奶奶已經聽到她的話，親切地握住那老婆婆的手告訴她：「毫無疑問，那個孩子會留在這兒陪妳、逗妳開心。至於我們，爲了要見海蒂，往後年年都會再上阿姆山來。因爲在這兒，我們可以找到好多值得感謝上帝的理由。」

外婆一聽，臉色豁然開朗，眼裡浮現愉悅的淚光。

「噢，上帝對我是多麼眷顧呵！」她感動萬分地謝天謝地。「而我這貧寒的老太婆子又是何其幸運，能夠勞動各位大好人來爲我操煩。再也沒有什麼能比連我這種又窮又百無一用的小老太婆，也能受到這麼多的憐憫、得到這麼大的恩惠，更能堅定人們對於萬能天父的信仰了。」

「親愛的老太太，」謝思曼夫人表示：「在上帝面前，我們一律是同樣貧窮可憐的，要是有那麼一天，我們竟被祂遺忘，那是多麼可哀可悲啊！——不過，現在大家眞的非說再見不行了。等到明年我們一上阿爾卑斯山，一定馬上過來看妳。我們永遠永遠不會把妳給忘記的。」說完又搖搖外婆的手，做爲正式的道別。

只是外婆依然拉著她的手，對她千恩萬謝地直謝個不停，又一樣一樣地祈求上帝保佑她和他們全家這個、那個……以致這五個人又延遲好一會兒才離開得了彼得家，由大叔抱著克萊拉回到阿姆峰頂，度過她在小屋生活的最後一夜，奶奶則和她的兒子謝思曼先生相伴下山去了。

隔天早晨，即將告別好友、告別這可愛地方的小克萊拉，熱淚滾滾沿著頰邊滑落。海蒂安慰她說，明年夏天她就又能夠舊地重遊，又能和她與爺爺相聚，而且到時一定能比今年玩得更快樂。這時謝思曼先生已經來到山巓，和阿姆大叔祖孫兩人依依話別。

正在努力收住眼淚的克萊拉突然開口請求：「噢，海蒂，拜託妳代替我向彼得和小山羊們問候一聲，尤其務必告訴思凡麗說我好愛她，因爲牠對我的康復貢獻了很多力量。我能送牠一些什麼呢？」

「妳可以送牠鹽巴，克萊拉。因爲牠實在太愛太愛舔那東西啦！」小海蒂建議。

「噢，我會的，我一定會的。」克萊拉同意。「我要送牠一百磅鹽巴做紀念。」

已經到了非走不可的時刻，克萊拉很驕傲能和她父親肩並肩地緩緩下山。海蒂站在斜坡邊緣，對著她的小女伴背影凝望，直到再也看不見任何蹤影爲止。

新床送到以後，外婆每天晚上睡得好安穩，身體也就跟著漸漸硬朗了起來。奶奶並未忘記阿爾卑斯山上的冬天天氣有多寒冷，特地寄了好多圍巾、被褥等等到那牧羊童的簡陋住處來。如今外婆不管何時何地，都能把全身裹得非常暖和，再也不用經常縮在牆角發抖了。

村子裡，一棟大宅正在大興土木。那是因爲醫生已經搬來這裡，目前正暫居在上回來訪的投宿地，同時接受大叔建議，買下他們祖孫去年冬天租來避寒的那幢殘破舊宅。他將之前提過那包含整組保存狀況不錯的房間、壁爐，與其他裝潢部分，重新整建成自己的生活空間。至於另外那一部分，則預備保留給海蒂和她爺爺使用。醫生當然看得出他的老友性格非常獨立，喜歡擁有個別的住處。除此之外，他也沒有忘了那兩隻山羊，所以今年冬天，思凡麗和芭莉將可住進特地爲牠們建造的堅固羊棚裡。

阿姆大叔和醫生兩人交情越來越好，每當共同監看建築進度的時候，總會不知不覺地談論起海蒂的事來。他們兩人都十分期待天眞活潑、笑臉迎人的小海蒂，能夠早日搬進這屋子，也都一致同意要共同分享那小女孩帶給他們的責任和樂趣。

每當大叔聽到醫生告訴他說，日後一定會好好照顧海蒂，使她生活不虞匱乏時，內心更是對他充滿無限的感激。從今以後，做爲祖父的他再也不用掛記什麼。因爲就算自己一旦蒙主召喚，也還會有人代他挑起父親職責，好好照顧海蒂，好好疼愛她。

就在故事即將結束的前一刻，海蒂、彼得兩人正坐在外婆家的小屋裡。小小女孩有說不盡的趣事要敘述，小小男孩深怕自己會遺漏掉任何一處精采的地方。他倆都非常非常專注、非常非常熱切，以致渾然忘記身邊還有個老外婆。這一整個漫長夏天，他們幾乎難得團聚一次，也不曉得總共發生了多少新鮮好玩的事，或是了不起的奇蹟。能夠再度同坐在這間小屋裡頭，大家都十分快樂。尤其剛剛聽到海蒂說明彼得以後每週都可得到十便士錢的布莉姬妲，更是滿面春風，笑得嘴都合不攏來。

最後外婆說道：「海蒂，請妳爲我朗誦一首讚美詩。我覺得自己必須讚美上帝，感謝祂賜予我們大家這麼多這麼多的恩澤！」

〈全書終〉

喬安娜、史派利年譜

・一八二七年（0歲）　六月十二日，出生於瑞士小山村赫列爾。在六個兄弟姊妹中排行第四。父親是位醫生，母親則是位宗教詩人，外祖父是赫列爾教會的牧師。她在十四歲以前，都在村中的小學就讀，這幢建築物現在成爲「史派利博物館」。

・一八四一年～四三年（14歲～16歲）　在蘇黎世接受語文及音樂的教育。與安娜・富利絲（後來成爲有名的女畫家）、根拉德・馬雅（小說家）及其妹貝姬結爲密友。

・一八四三年（16歲）　接受新教的堅信儀式。

・一八四七年（20歲）　與旅居在赫列爾的吉普賽風格詩人兼畫家結爲好友，亦有說法是她的初戀。

・一八五二年（25歲）　九月九日結婚。丈夫是身爲律師的邦納德・史派利，而且她兄長的好友，亦曾任瑞士聯邦報紙的總輯。這之後移居蘇黎世市內開始都市生活。她的丈夫是崇拜瑞士建國英雄威利阿姆・德爾的理想主義者。從任何方面而言，保守的妻子則敬愛歌德，只是一味地懷念故鄉的山川美景。

．**一八五五年（28歲）** 生下兒子貝倫哈爾德．迪托赫爾姆。

．**一八五八年（31歲）** 移居布雷馬哈烏斯。與逃亡中的瓦古娜結為好友。

．**一八六八年（41歲）** 丈夫成為蘇黎世市的祕書長，並搬遷至市公所公家宿舍。丈夫非常忙碌，而身為妻子的她，則不知如何排遣閒暇，光只是寫信。有一位讀了她的信的朋友告訴她：「妳很有文才哦！妳要不要嘗試寫本小說什麼的出版看看？將賣書的錢再捐獻給社會公益事業不也是做好事嗎？……」

．**一八七零年（43歲）** 這時經常為避暑而來到耶尼斯，並停留在女子學校時代同學的家中。在當地每天進行的事情便是在炎日照射的樹蔭底下唸書，到傍晚時分再循著銜接鄰近村落烏塔．羅菲爾村的小路優閒漫步，醞釀小說的構想。十年後發表的作品便是《海蒂》，而稱這條小路為史派利的散步道。

．**一八七一年（44歲）** 以J．S之假名出版處女作《佛羅尼墓上的一片葉子》一本短篇集。賣書所得則捐贈作為新教團體所辦的婦女社會服務活動之援助金。

．**一八七二年（45歲）** 處女作引起很大的回響，接著出版第二部作品《給父親的家庭》，仍是沿用假名。

· **一八七三年（46歲）**《迷路，被發現》出版時仍使用假名。

· **一八七八年（51歲）**出版《爲小孩與愛小孩的人所寫的故事》第一集《失去故鄉》以匿名方式出版。

· **一八八零年（53歲）**以《佛羅尼墓上的一片葉子》之作者的假名出版所謂的《海蒂的學習與經歷時期》之海蒂上集。

· **一八八一年（54歲）**在讀者熱烈的期盼之下始以本名出版所謂的海蒂下集《海蒂善用所學的事物》。

· **一八八二年（55歲）**出版第一部短篇集《星期日》。

· **一八八四年（57歲）**五月十三日，夢想成爲小提琴演奏家的獨子貝倫哈爾德因肺結核英年早逝。接著在十二月十九日，她丈夫亦由於繁重的工作與失去愛子的切心之痛而猝逝。

· **一八八五年（58歲）**描寫對丈夫的回憶的《某律師的一生》於巴謝爾的報紙連載。

· **一八八六年（59歲）**出版短篇集第二部。終於從失去丈夫與兒子的悲痛中重新站起來，並恢復兒童文學作家的地位。之後到其去世爲止共創作了49篇的故事。

· **一九零一年（64歲）**七月七日星期日傍晚，她於蘇黎世市內謝爾托路9號住宅就此長眠不起，之後葬於中央墓地。

國家圖書館出版品預行編目資料

阿爾卑斯山的少女海蒂／喬安娜・史派利／著；楊玉娘／譯
-- 二版 -- 新北市：新潮社文化事業有限公司，2023.02
面：　公分
譯自：Heidi
ISBN 978-986-316-856-0（平裝）

882.557　　111019504

阿爾卑斯山的少女海蒂
喬安娜・史派利／著
楊玉娘／譯

【策　劃】林郁
【企　劃】天蠍座文創
【出　版】新潮社文化事業有限公司
電話：(02) 8666-5711
傳真：(02) 8666-5833
E-mail：service@xcsbook.com.tw

【總經銷】創智文化有限公司
新北市土城區忠承路 89 號 6F（永寧科技園區）
電話：(02) 2268-3489
傳真：(02) 2269-6560

印前作業　菩薩蠻、東豪印刷事業有限公司

二　版　　2023 年 03 月